Perdón
familiar

Jessica Matthews

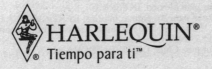

HARLEQUIN®
Tiempo para ti™

NOVELAS CON CORAZÓN

Editado por HARLEQUIN IBÉRICA, S.A.
Hermosilla, 21
28001 Madrid

I.S.B.N.: 84-396-9193-9
Depósito legal: B-42807-2001
Editor responsable: M. T. Villar
Diseño cubierta: María J. Velasco Juez
Fotomecánica: PREIMPRESIÓN 2000
C/. Matilde Hernández, 34. 28019 Madrid
Impresión y encuadernación: LITOGRAFÍA ROSÉS, S.A.
C/. Energía, 11. 08850 Gavá (Barcelona)
Fecha impresión Argentina:11.4.02
Distribuidor exclusivo para España: LOGISTA
Distribuidor para México: INTERMEX, S.A.
Distribuidores para Argentina: interior, BERTRAN, S.A.C. Vélez
Sársfield, 1950. Cap. Fed./ Buenos Aires y Gran Buenos Aires,
VACCARO SÁNCHEZ y Cía, S.A.
Distribuidor para Chile: DISTRIBUIDORA ALFA, S.A.

Capítulo 1

LAS FOTOGRAFÍAS no le hacían justicia. Evan Gallagher, de pie ante el mostrador de recepción de la Clínica de New Hope, se congratuló a sí mismo por su buena suerte. Se había arriesgado al presentarse sin llamar para ver si estaba trabajando, pero, dadas las circunstancias, no podía. Si lo hubiera hecho, habría echado por tierra sus intenciones.

La mujer a la que había ido a ver acababa de aparecer con una carpeta en la mano y un estetoscopio colgado del cuello. Hasta el momento, todo iba bien.

Ojalá pudiera hablar con ella antes de que se diera cuenta de quién era...

–¿La señora Rochoa? –preguntó Marta Wyman mientras sonreía a Evan y miraba por encima de su hombro.

Una mujer de unos cincuenta años, la única persona que había en la sala de espera, se puso en pie con dificultad y fue hacia ella lentamente.

Evan vio que Marta sonreía todavía más a medida que su paciente se acercaba. Había visto tantas veces sus rasgos en el informe del detective privado que la podría haber identificado en mitad de una muchedumbre.

Sus pómulos marcados, los ojos de color avellana y el pelo castaño rojizo no lo sorprendieron en absoluto, pero las fotografías no habían captado la sensualidad de su boca, la vida de sus ojos, la altivez de su cabeza ni la delicadeza con la que agarró a la señora Rochoa para ayudarla.

Parecía realmente preocupado por aquella mujer, pensó Evan con fastidio. Recordó que el informe del detective decía que era una persona muy querida en aquella población de dos mil habitantes. Obviamente, tenía cariño a todo el mundo menos a la persona a la que Evan representaba.

—¿Todavía le sigue molestando? —preguntó Marta a la mujer. Evan observó que llevaba el pelo recogido en un moño y no pudo evitar preguntarse por dónde le llegaría si lo llevara suelto.

Al tenerla tan cerca, se dio cuenta de que las fotos tampoco lo habían preparado para aquel cuerpo esbelto ni para la calidez de su voz. Aquel tono no era el mismo con el que le había hablado a él por teléfono. Se imaginó una chimenea y tardes largas disfrutando del cálido fuego, seguidas de noches todavía más largas y desayunos en la cama.

Estaba claro que los hombres de New Hope no

habían visto que tenían una joya. Según la información de la que disponía, Marta Wyman había salido con varios hombres en sus veintiocho años, pero aquellas relaciones habían sido más platónicas que románticas. La mayor parte del tiempo se lo había pasado estudiando para ser enfermera y manteniendo a sus dos hermanastras, que eran más pequeñas que ella.

Aun así, aquello no justificaba el que Marta se negara a hablar con nadie que estuviera remotamente relacionado con el único pariente que le quedaba vivo.

Por eso, Evan había decidido personarse. Así Marta no le colgaría y le dejaría hablando solo al teléfono como la última vez. No podría quitárselo de encima. Aunque ella hubiera dado clases de defensa personal, cosa que a Evan le parecía muy bien dado los tipos raros que había visto por allí, él también sabía unos cuantos trucos de la infancia, transcurrida en barrios marginales. Además, le sacaba veinte o veintidós centímetros.

—Tengo las articulaciones fatal —contestó la señora Rochoa—. Es por la humedad.

—Lo sé. No es usted la única que está así —señaló Marta.

Evan dedujo que aquella mujer tenía artritis. Se sintió identificado ya que él mismo acababa de pasar por una infección vírica y sabía lo que era luchar contra el propio cuerpo.

En cuanto ambas mujeres pasaron a la consulta y cerraron la puerta, Evan se fue hacia la recepcionista rubia de veintitantos años y se dio cuenta de que estaba postrada en una silla de ruedas. Estaba hablando por teléfono y, según decía su etiqueta, se llamaba Rosalyn. Se resistió a llamar al timbre que había sobre el mostrador. Al fin y al cabo, había ido a ver a Marta y no le vendría muy bien ponerse a malas con la guardiana de su tiempo.

Como si Rosalyn le hubiera leído el pensamiento, se despidió de la persona que estaba al otro lado del hilo.

–¿En qué le puedo ayudar?

Evan le dedicó una gran sonrisa.

–Me gustaría ver a...

Rosalyn le indicó la pizarra.

–Firme ahí –le señaló con las uñas pintadas de rojo.

–Pero si no hay nadie más.

–Todo el mundo tiene que pedir hora –contestó ella sonriendo, pero con seriedad–. No hay excepciones.

Bien. Tendría que cumplir las normas. Evan puso su nombre y esperó que, con un poco de suerte, no lo reconociera.

–Solo serán unos minutos...

–¿Ha venido antes? –preguntó ella enarcando una ceja.

–No.

–Cuando se viene por primera vez, se suele estar en la consulta unos treinta minutos.

–Me alegro de que la doctora sea así de meticulosa –apuntó él. Media hora con Marta. Estaba seguro de que podría convencerla en ese tiempo.

–Si es usted representante de algún laboratorio o vendedor, tendría que haber venido antes de las nueve.

Evan se había puesto adrede ropa informal para que repararan en él. Sabía que la gente solía pensar que los hombres de chaqueta y corbata iban a un funeral o no era dignos de confianza. Le dedicó una de sus mejores sonrisas.

–No soy vendedor. Solo quiero hablar con...

Antes de que le diera tiempo a terminar, apareció Marta por detrás de Rosalyn y la señora Rochoa cruzaba la sala de espera.

Rosalyn se despidió de ella.

–Hasta el mes que viene –dijo ignorándolo a él.

–Ya veremos si no es antes –contestó la mujer saliendo a la calle.

Evan carraspeó.

–Me gustaría ver a...

Lo volvieron a interrumpir. Aquella vez fue la propia Marta, que le preguntó algo a Rosalyn en voz baja.

–¿Sabemos algo de nuestro amigo? –le dijo haciendo tanto énfasis en la última palabra que quedaba claro que la persona en cuestión era todo menos su amigo.

Rosalyn negó con la cabeza.

–Lo siento.

–Cuando lo vea, lo voy a estrangular –dijo enfadada–. No sé cómo se atreve a volver a hacer esto. Debería de caérsele la cara de vergüenza...

Viendo el enfado que tenía, Evan se alegró de no estar cerca de ellas. Marta ni siquiera lo había mirado, pero él no se sentía culpable por haberlo oído porque él estaba antes.

–Querrás decir, si viene –dijo Rosalyn.

–Bueno, qué más da. Se va a enterar y su jefe, también. Ya hablaré con ellos por teléfono o en persona. Ya está bien –añadió maldiciendo en voz baja.

–¿Qué hago? ¿Intento localizarlo?

Marta relajó los hombros y consideró la pregunta.

–Ya lo hemos llamado y no contesta. Vamos a darle hasta la una y media. Si no viene, me va a oír. Estoy dispuesta a presentarme en su casa si es necesario –contestó girándose y saliendo del habitáculo de Rosalyn.

Evan pensó, a juzgar por la penosa apariencia del edificio, que se estaban refiriendo a alguien que tenía que haber ido a arreglar algo.

Rosalyn fue a agarrar el teléfono y se paró al ver a Evan.

–Me gustaría ver a Marta –dijo él sonriendo.

–¿Es una emergencia?

Evan no estaba acostumbrado a que nadie cuestionara sus acciones. Aunque era uno de los miembros más jóvenes del servicio de medicina interna del Hospital de Santa Margarita, en Dallas, era uno de los que más fondos había conseguido. El respeto iba ligado al territorio.

Sintió deseos de levantar una ceja como cuando quería cortar a algún interno orgulloso o a algún estudiante altanero, pero se controló. Había elegido pasar desapercibido para llegar hasta Marta, así que debía seguir con el plan.

–No, pero es un poco urgente.

–¿Está usted enfermo?

Evan se preguntó si se habría dado cuenta de que estaba pálido. Después de haber contraído una hepatitis A tras comer marisco en mal estado en una cena, había decidido tomarse la convalecencia como unas vacaciones. Ya había pasado la fase de contagio y podría haber retomado su trabajo, pero no se encontraba bien ni física ni emocionalmente.

No había nada como una buena enfermedad para que uno se replanteara las prioridades. Por eso, había decidido irse a Breckenridge, en Colorado, para descansar unas semanas. Había parado en New Hope para hacerle un favor a un hombre a quien admiraba.

–Sí, he estado enfermo –contestó él sin entrar en detalles. Tal vez, así Rosalyn se apiadara de él y le dejara ver a Marta.

–Rellene este cuestionario, por favor. Las seis páginas. Lo recibirá, pero, como no tiene cita, va a tener que esperar un buen rato.

–¿Por qué? –preguntó mirando a su alrededor–. Pero si no hay nadie.

–Oficialmente, estamos cerrados hasta la una y media para ir a comer.

–No he venido a ver a Marta por cuestiones médicas –dijo intentando picar la curiosidad de aquella mujer.

–No lo entiendo –contestó ella sorprendida.

Evan cruzó los dedos con la esperanza de que no reconociera su nombre.

–Soy el doctor Evan... –se interrumpió al ver que Rosalyn se quedaba blanca.

–Vaya, le estábamos esperando.

Entonces, fue él quien se quedó sorprendido, pero se recuperó rápidamente. Hacía solo treinta y seis horas que había decidido ponerse en contacto con la señorita Wyman y no se lo había dicho a nadie.

Rosalyn salió de detrás del mostrador.

–Haberlo dicho antes –le dijo ligeramente sonrojada–. Como es la primera vez que viene, no sabía cómo era usted. Siento haberlo hecho esperar, doctor Evans.

Doctor Evans. Estaban esperando a un médico, no a un técnico. La leona se había vuelto de repente una cordera.

En otras circunstancias, le habría dicho que se

había producido un malentendido, pero aquella era una situación desesperada que necesitaba de una medida desesperada. Si engañar a Rosalyn unos minutos le permitía llevar a buen fin su misión, lo haría y viviría con aquella pequeña mentira en su conciencia.

–No pasa nada –contestó Evan tranquilamente rezando para que Rosalyn no descifrara su apellido en el formulario. Con un poco de suerte, no se daría cuenta hasta que Marta y él hubieran llegado a un acuerdo.

Rosalyn maniobró a la perfección con la silla y lo guió hasta una sala pequeña que había al final del pasillo. Evan la siguió y se dio cuenta de que los pasillos parecían mucho más anchos de lo normal, como si hubieran reformado el edificio teniendo en cuenta la minusvalía de Rosalyn.

Ella se paró junto a una puerta y le hizo un ademán.

–Este es el despacho de Marta. Voy a decirle que está usted esperándola aquí. Ella lo informará de lo que hay que hacer.

–¿Debería llamar a mi guardaespaldas? –preguntó él sin poder evitarlo.

Rosalyn se sonrojó completamente.

–Marta está un poco enfadada porque le esperábamos a usted hace dos miércoles. Es de las personas que no perdona tres errores seguidos.

Evan recordó aquello, seguro de que le vendría bien.

—Y hoy habría sido el tercer día.

—Sí —contestó Rosalyn.

Pensó que a Marta no le iba a gustar que se hiciera pasar por el doctor Evans, pero, como ya le caía mal de todas formas, no tenía nada que perder.

—Gracias por el aviso.

Rosalyn se encogió de hombros.

—Es mejor que lo sepa.

—Gracias.

Sin decir nada más, salió y lo dejó a solas con sus pensamientos.

Sus amigos y sus colegas decían que tenía una lengua de plata porque lograba convencer a los donantes menos dispuestos para que se rascaran el bolsillo. Lo que la mayoría de esa gente no sabía era que el secreto de su éxito era buscar el punto débil de la presa y atacar por ese flanco.

Creía saber el punto vulnerable de Marta y pretendía hacer buen uso de ello. Tenía una deuda con Winston Clay y, a pesar de que el comportamiento de la señorita Wyman no le pareciera el correcto, no pensaba salir con las manos vacías.

Por el informe del detective privado y su primer intento de hablar con ella, que había fracasado, sabía que había que tener mucho tacto con la señorita Wyman. Teniendo en cuenta que, ya de por sí, el desventurado doctor Evans no era santo de su devoción, cuando se enterara de quién era en realidad y para qué había ido, las cosas no iban a mejorar.

Dejó a un lado la antipatía que sentía por aquella mujer, se paseó por la sala y confió en sus buenos modales. Si eso no resultaba, tendría que recurrir al dinero. No conocía a ninguna mujer a la que no se le hiciera la boca agua. En cuanto Marta hubiera oído lo que Winston podía ofrecerles a ella y a sus hermanastras, seguro que lo aceptaba gustosa entre su círculo de familiares.

Tenía suficiente experiencia como para saber cuándo la gente estaba intentando sacar más de lo que en principio se les ofrecía. Winston era una mina de oro y eso tenía que saberlo ella. No le sorprendería que estuviera haciéndose la dura para sacarle todo lo posible. Si Evan hubiera sido Winston, se habría olvidado de ella cuando se negó a hablar con él. La única que tenía algo que perder por mostrarse cabezota era ella, no Winston.

Pero él no era Winston. Aquel hombre mayor había puesto a mal tiempo buena cara ante el rechazo de Marta, pero Evan había visto que se entristecía por días. Aquella pérdida de alegría había hecho que Evan decidiera ayudarlo.

Hasta que no lo consiguiera, no iba a poder disfrutar de sus vacaciones y relajarse.

Marta tomó el expediente médico de la señora Taylor. Estaba decidida a que la viera un médico ese mismo día aunque tuviera que llevarla ella personalmente en coche a la clínica de Joe Campbell. Al fin y al cabo, la clínica de New Hope era un satélite de la consulta de Joe en Liberal. Por tanto, estaba legalmente obligado a ayudar a los pacientes de Marta y a estar siempre dispuesto a que se les consultara. Ya iba siendo hora de que el ilustre doctor Campbell se enterara de que su nuevo médico no estaba cumpliendo con el acuerdo.

Aunque, tal vez, lo supiera y no le importara.

Marta se irguió. New Hope era pequeño, pero sus habitantes se merecían el mismo trato médico que los de la ciudad. No iba a permitir que Campbell se saliera con la suya y solo les concediera las migajas del tiempo de sus médicos.

Si no hubiera sido porque la estaba esperando aquel médico, se habría montado en el coche y habría ido a recoger a Mónica para llevarla a Liberal. Así, podría buscar otra clínica cuyos médicos estuvieran más dispuestos a ayudar.

Pensó en el hombre de la sala de espera.

Menos mal que la señora Rochoa había acaparado toda su atención porque, de lo contrario, se abría derretido ante semejante sonrisa. Aquella boca y esos ojos negros como el carbón hacían de él un hombre muy guapo. Era un encanto con un cuerpo que cualquier mujer admiraría.

Era alto, delgado y tenía estilo. Llevaba el

pelo, color chocolate oscuro, corto y parecía tan suave como el de un bebé.

Sus bonitos rasgos eran los de un hombre un poco maduro, ya que tenía algunas patas de gallo. Marta pensó que debía de andar por los treinta y tantos.

No se explicaba para qué había ido a verla. Conocía a casi todos los habitantes, pero a él no lo había visto nunca. Era demasiado guapo como para no acordarse de él. No le habían llegado rumores de que hubiera nadie nuevo. Seguramente, era que pasaba por allí.

Un vendedor. Sí, seguro que era así. Aunque no llevaba chaqueta y corbata, parecía demasiado seguro de sí mismo, demasiado cortés y sensual. Tenía que ser vendedor. Como le solía decir uno de sus pacientes, «blanco y en botella: leche».

Por culpa del doctor Evans, que no había aparecido, no estaba para aguantar las charlas propias de un vendedor.

La puerta se abrió y entró Rosalyn.

—No te lo vas a creer.

—¿Qué pasa?

—¿Has visto a ese hombre tan mono de la sala de espera?

—Sí. ¿Qué pasa?

—Es el médico al que estábamos esperando.

—¿El vendedor? —preguntó Marta sin poder creérselo.

–¿Vendedor? –repitió Rosalyn enarcando las cejas.

–Ya vale, el día de los inocentes fue hace dos meses.

–No es broma –insistió Rosalyn–. Es el doctor Evans.

Marta sintió que se le daba la vuelta el estómago y que los cereales del desayuno amenazaban con salir disparados.

–No es verdad.

–Ojalá no lo fuera. Se ha mostrado muy comprensivo.

–¿A qué te refieres?

–Le he pedido disculpas por la espera y por tu, ejem, pequeño enfado.

Marta deseó que se la tragara la tierra.

–No será verdad.

–Sí. Te había oído decir esto y aquello y tenía que decir algo para defenderte. No se ha enfadado. En realidad… parecía divertido.

Aquel día iba de mal en peor.

–¿Divertido? Bueno, esperemos que se lo tome así. ¿Dónde está?

–En tu despacho.

Marta tomó aire y sintió aquel dolor en el esternón, el mismo que llevaba meses con ella, desde que el detective privado había comenzado a meterse en su vida.

–Bien. Llama a todos los pacientes a los que tenía que haber visto el doctor esta mañana y dales cita a partir de la una y media. Se le va a hacer muy tarde, pero no pienso dejar que se vaya hasta que los haya visto a todos.

–De acuerdo –contestó Rosalyn observándola un momento–. ¿Estás bien?

Marta sonrió.

–Sí. Me voy a tomar un antiácido y ya está.

–Si tú lo dices –apuntó Rosalyn levantando una ceja.

–Yo lo digo. Venga, vamos, que quiero conocer al doctor Evans.

–Recuerda que se saca más siendo amable que no siéndolo.

–No te preocupes, seré educada. No quiero asustarlo, ahora que, por fin, se ha dignado a aparecer por aquí.

A pesar de que Marta intentó sonar segura de sí misma, las mariposas que tenía revoloteándole en el estómago se lo impidieron. No tendría que haber hablado de él en un lugar público en el que hasta las paredes tenían oídos. Por suerte, no había dicho su nombre en ningún momento. Tal vez, pudiera hacerse la sueca.

Claro que, como Rosalyn ya se había disculpado, aquella opción quedaba descartada. Cruzó los dedos con la esperanza de que el doctor Evans no se hubiera tomado a mal sus comentarios.

Aunque hubiera sido así, no pensaba humillarse. Aquel hombre tenía que pedirle perdón por haberla dejado plantada dos semanas seguidas.

Antes de entrar en su despacho, se cuadró, apretó el expediente de Mónica Taylor contra su pecho, sonrió y entró.

–Doctor Evans, qué placer conocernos, por fin.

La sonrisa de aquel hombre dejaba claro que sabía que ella estaba mintiendo. Estaba claro que se había dado cuenta del énfasis que había puesto en las dos últimas palabras.

–Encantado de conocerla.

–Les dije a sus pacientes que se fueran a casa. No les iba a hacer esperar sin saber si iba usted a aparecer o no, pero Ros los está llamando.

–Antes de eso, tenemos que hablar.

–No se preocupe. Le haré un resumen de cada uno antes de que pase consulta. No hay nada urgente. Son solo revisiones que a mí no me da tiempo a hacer. Hay unas cuantas biopsias, por ejemplo. El único caso grave es el de Mónica Taylor. Aquí tiene su expediente –dijo dándoselo.

Se quedó muy sorprendida al ver que él se quedaba mirando la carpeta como si fuera un frasquito de ántrax.

–Tengo que confesarle algo –dijo él mirándola a los ojos–. No soy quien usted cree.

Aquellos ojos negros eran impresionantes y Marta tardó unos segundos en reaccionar.

–¿Qué?

–No soy el doctor Evans. Soy Evan Gallagher.

Marta parpadeó intentando entender lo ocurrido.

–¿No le envía el doctor Campbell?

–Soy el doctor Evan Gallagher.

Evan Gallagher.

De repente, Marta se dio cuenta de por qué solo decía su nombre, sin más explicaciones. Sabía que lo reconocería. Efectivamente, lo reconoció en cuanto se olvidó del doctor Evans.

Marta sintió un martilleo en las sienes, mezcla de enfado y frustración, por el atrevimiento de aquel hombre. Ya le había dejado claro por teléfono hacía unas semanas cuál era su decisión. Como no había vuelto a llamar, creyó que ya no le interesaba el tema, pero se había equivocado.

–Es usted bueno, ¿lo sabía?

–¿Y eso? –preguntó él desconcertado.

–Ha dejado que pasaran unas semanas para que creyera que había puesto punto y final a ese capítulo de mi vida, pero estaba esperando el momento, esperando a que yo bajara la guardia, ¿verdad?

–No. Winston aceptó su decisión. He venido a verla de forma espontánea.

–Si cree que eso me calma, se equivoca –dijo dejando la carpeta sobre la mesa–. No tengo nada más que decirle, doctor Gallagher, excepto adiós.

Él se apresuró a cerrarle el paso.

–Solo quiero que me escuche.

–¿Para qué? No creo que nada de lo que me diga me interese.

—¿Cómo lo va a saber si no me escucha?

—No hace falta ser un genio, doctor Gallagher, para ver que su sola presencia me lo deja claro. Vuelva a Dallas y dígale a ese hombre que dice ser mi abuelo que mi respuesta sigue siendo no.

Capítulo 2

EVAN quitó el brazo de la puerta, pero no se apartó.

—Winston no sabe que estoy aquí. He venido por mi cuenta.

Marta se cruzó de brazos y lo miró con los ojos entrecerrados al tiempo que daba golpecitos con el pie en el suelo.

—Claro, supongo que quiere que crea que salió a dar una vuelta y ha acabado aquí, a cientos de kilómetros de casa. Supongo que vivirá usted también en Dallas.

—Más o menos. En Irving, para ser exactos. En cuanto a cómo he llegado aquí, voy de camino a Colorado.

—Entonces, no me gustaría entretenerlo.

—No tengo prisa —contestó él decidido a no perder la oportunidad.

—Pues yo, sí —le espetó ella—. ¿Le importaría dejarme pasar? Van a empezar a llegar pacientes a ver a un médico que no está.

Evan había previsto que se resistiría.

—Al menos, escúcheme —insistió—. Cinco minutos.

—Sé lo que me va a decir. Winston Clay, el hombre que dice ser mi abuelo ha descubierto por fin dónde vivo y quiere que nos veamos para recuperar el tiempo perdido. ¿Voy bien hasta ahí?

—Más o menos.

—Para que lo tenga claro: No me interesa. El padre de mi madre la repudió hace veintiocho años por ser madre soltera. Si hubiera querido hacer las paces, tendría que haberlo hecho mientras ella estaba viva.

—No pudo.

—¿Cómo? —preguntó Marta levantando una ceja—. ¿Con todos esos millones y no podía pagar una conferencia telefónica?

—Su madre desapareció.

—¿Cómo va a desaparecer una chica de dieciocho años de un hombre que tiene más recursos que los gobiernos de algunos países?

Evan se encogió de hombros.

—Siempre hay una manera. A lo que íbamos. Un año después de que se fuera de casa, Winston recibió la noticia de que ella y su hijo habían muerto.

—Eso no es posible. Mi madre murió cuando yo tenía doce años.

—No sé cómo ha sido, pero hace dos meses su abuelo recibió un anónimo que le hablaba de una nieta. Contrató a un equipo de detectives privados y la encontró.

Evan recordó la alegría de Winston cuando tuvo noticias fiables sobre su nieta.

–Es bastante sospechoso que su equipo de detectives no nos encontraran cuando el rastro estaba reciente, ¿no?

–Parece ser que su madre supo esconderse muy bien. Se cambió de apellido y de número de la seguridad social antes de casarse con tu padrastro. Al enterarse de eso, fue muy fácil localizarla.

Marta fue hacia la mesa y se hundió en la butaca. Frunció el ceño, se mordió el labio inferior y miró por la ventana. Estaba claro que no sabía aquello y que necesitaba tiempo para asimilarlo. Al menos, lo estaba escuchando.

A Evan siempre se le había dado bien saber lo que sentían los que estaban a su alrededor. Sabía que, en aquellos momentos, Marta estaba dudando, así que se acercó.

–Quiere hablar con usted –le dijo. Ella no contestó. Evan esperó. No tenía intención de irse sin haber conseguido que Marta aceptara un encuentro. Los minutos pasaron. Ya olía la victoria. ¿Cómo iba a decir que no?– ¿No le gustaría conocerlo, por curiosidad? –presionó.

Marta siguió mirando por la ventana y, cuando contestó, su voz no tenía rastro de sentimiento.

–Winston Clay no me produce ninguna curiosidad. Sé todo lo que quiero saber sobre él.

–¿Cómo puede decir eso?

–New Hope no es una ciudad cosmopolita, pero tenemos prensa diaria.

–Leer un artículo sobre alguien no es lo mismo que conocerlo en persona.

–Yo ya lo conozco.

–¿Dónde? –preguntó estupefacto.

–En su despacho. Hablamos poco, unos dos minutos.

Evan se preguntó por qué Winston no se lo habría contado.

–¿Cuándo?

–¿Y eso importa?

–¡Claro que importa! –exclamó enfadado ante la calma de ella.

–No lo creo así. El incidente pertenece al pasado y ahí es donde quiero que se quede. Él tiene su vida y yo tengo la mía.

Evan no podía creerse que Winston hubiera dejado pasar la oportunidad de hablar con su nieta, a menos que…

–No sabía quién era usted, ¿verdad?

–Sí, lo sabía, pero no se molestó en escucharme.

Evan vio claro por qué no quería cooperar. Evan creía que era fría e insensible, pero aquella máscara de apatía escondía dolor y rabia. Aquel comportamiento era un medio de defensa.

La situación era más complicada de lo que había creído. Iba a necesitar algo más que persuasión para derribar el muro que Marta había levantado entre su abuelo y ella. Iba a necesitar una apisonadora.

Evan se inclinó y puso ambas manos sobre la mesa.

–¿Cuántos años tenía usted?

Ella se levantó.

–Me niego a que me interrogue en mi propio despacho. Se han acabado sus cinco minutos y este tema está zanjado.

–Pasara lo que pasara en ese encuentro –añadió Evan decidido a averiguar qué había ocurrido–, su abuelo quiere arreglar lo que hizo mal. Ya no es un chaval.

–Todos envejecemos –le recordó Marta–. Dado que es usted médico, supongo que me va a decir que se está muriendo y que quiere dejar todo bien atado antes de que le llegue la hora.

Evan había considerado utilizar esa argucia, pero la había descartado porque le había parecido demasiado melodramático.

–Si le dijera eso, ¿al menos, hablaría con él por teléfono?

Marta apretó los labios y le dedicó una mirada capaz de encender chispas. La mayor parte de las mujeres que conocía, habían aprendido de sus madres a jugar al gato y al ratón y le resultó sorprendente ver que a Marta se le reflejaban los sentimientos en la cara. Hasta el momento, había visto desde el desprecio más absoluto hasta el ultraje.

Un repentino deseo de experimentar su pasión lo recorrió mezclado con celos por el hombre que consiguiera despertar ese fuego en ella.

Cortó por lo sano. ¿En qué estaba pensando? Le gustaban las mujeres sofisticadas, amables y con olor a perfume de marca. Marta era práctica, tenía el carácter de un cactus y olía a ella misma y a alcohol. Aun así, le parecía más sensual que cualquiera de las mujeres que conocía.

Realmente, necesitaba las vacaciones. Desde luego, si alguien tan estrecha de miras, tan irritante, con un pasado tan escabroso, había perdido la perspectiva.

—No.

Evan se masajeó la nuca y sonrió.

—Me lo esperaba. Su abuelo está estupendo a sus setenta y cinco años.

—No me sorprende. El dinero siempre hace la vida más fácil.

Evan decidió aprovechar la oportunidad. Sabía que todas las mujeres entraban al trapo cuando se hablaba de dinero y ella, que había vivido siempre muy modestamente, no iba a ser menos.

—Su abuelo es un hombre rico. Se mostraría muy generoso con usted y con su familia.

Marta lo pulverizó con la mirada. El sol que entraba por la ventana daba a su pelo un tono tan rojo que parecía que estaba en llamas.

—Y usted cree que su generosidad económica me va a hacer cambiar de opinión —dijo con voz calmada aunque tenía los hombros tensos y los puños apretados.

–Podría ser –contestó él con prudencia. No esperaba que se indignara por hablarle de dinero. Se había vuelto a equivocar con aquella mujer.

–No sé quién es usted o qué hace metido en todo esto, pero yo no soy una de esas mujeres locas por el dinero a las que usted parece estar acostumbrado. Aunque mi padre tuviera árboles que dieran dinero, no cambiaría de forma de pensar. En realidad, si quiere tener la conciencia tranquila, que lo done a una buena causa. Yo he vivido sin su ayuda veintiocho años y puedo seguir haciéndolo el resto de mi vida.

Estaba claro que hablaba en serio, pero Evan no quería admitir la derrota.

–Pero…

–Pero nada. Se ha esforzado usted, doctor Gallagher, pero no me ha hecho cambiar de opinión. Mi respuesta es no. Váyase de vacaciones con la conciencia tranquila. Si me perdona, tengo que localizar a un médico que no aparece –dijo abriendo la puerta–. Buen viaje a Colorado.

Evan suspiró frustrado. Habían llegado a un punto muerto y seguir discutiendo no les iba a llevar a nada.

–Gracias por concederme su tiempo –se despidió educadamente antes de salir.

Se despidió de Rosalyn con un movimiento de

cabeza y salió de la clínica considerando cuál iba a su siguiente paso. No se le ocurría nada. La situación era mucho más complicada de lo que él creía. No se trataba de hacer que dos personas se conocieran y fueran felices, no, estaba claro que el encuentro fallido había hecho que Marta rechazara todo lo que tuviera que ver con su abuelo.

Evan la había juzgado mal, pero, tras la conversación, se dio cuenta de que era una mujer de fuertes principios y se hizo el firme propósito de no volverse a equivocar con ella.

Se preguntó si Marta se habría dado cuenta de que se había referido a Winston como su abuelo. No era mucho, pero Evan decidió tomarlo como un signo esperanzador.

Aunque Marta diera el tema por zanjado, no era así. Pese a que lo que más le apetecía en el mundo era su mes de vacaciones, a solas con la naturaleza, sabía que, si no arreglaba la situación, no podría disfrutarlo. Winston era como un abuelo para él y no quería verlo sufrir más.

Marta iba a tener que afrontar los problemas y superarlos. Sin embargo, para llegar a ese punto, tendría que contar con un plan de apoyo que no tenía en esos momentos.

Comenzó a sentir aquella debilidad que lo acompañaba, aquel cansancio tan fuerte que odiaba y que no parecía acabar de irse.

Se sentó al volante de su Lexus y, de repente,

se dio cuenta de cuál era el punto débil de Marta.
Solo necesitaba un número de teléfono…

–¿Qué ha pasado? –preguntó Rosalyn a Marta.

–No era el doctor Evans –contestó Marta observando cómo Evan se metía en el coche–. Es el doctor Gallagher.

–¿El amigo de tu abuelo? –preguntó Rosalyn con los ojos como platos.

–Sí.

–Ojalá mi abuelo tuviera amigos así –comentó Rosalyn.

–Sí, pero recuerda que Dios los crea y ellos se juntan.

–¿Qué quieres decir?

–Winston Clay es un hombre de negocios que no ha llegado a estar donde está siendo dulce, amable y generoso. Bajo esa apariencia, se esconde un hombre que rompe la vida de la gente como quien rompe un lápiz, sin pensárselo dos veces.

–¿Cómo sabes que es así? ¿No estarás investigando su vida?

–No seas ridícula –contestó Marta–. Lo que haga el señor Clay con su vida, no me interesa.

–Ya, claro.

–Por si no lo sabes, ha salido en todas las portadas de las grandes revistas y suele acaparar titulares en la prensa financiera. Para no oír nada sobre él, tendrías que irte a vivir bajo el mar.

–Vaya. ¿Y el doctor Gallagher es así de famoso?

–No sé, pero, si mi abuelo lo considera su amigo y viceversa, será porque son iguales. Tal para cual.

Rosalyn se encogió de hombros.

–Puede que tengas razón, pero el doctor Gallagher se lleva un doce en una escala de belleza del uno al diez y eso no puedes negarlo.

Marta suspiró. Desde luego, no era justo que el lacayo de su abuelo fuera tan guapo. No servía de nada negarlo.

–Es guapo, pero no dejes que eso te engañe, Ros –la advirtió–. Es como el hombre de hojalata del *Mago de Oz*.

–No estoy de acuerdo. Tiene corazón y es todo un hombre.

–¿Te importaría no pensar en su cuerpo? Seguro que tiene a millones de mujeres en la agenda.

–Qué pena que yo no sea una de ellas –apuntó la recepcionista con ojos soñadores–. En serio, debe de querer que tu abuelo y tú os conozcáis porque, ¿para qué ha venido a New Hope si no?

Marta miró por la ventana y vio que el Lexus no se había movido de allí. El doctor Gallagher estaba hablando por teléfono.

Marta supuso que estaría hablando con Winston.

–Dijo que había estado enfermo –apuntó Rosalyn.

Eso explicaba por qué se iba de vacaciones, pero no por qué había parado en New Hope para intentar convencerla por segunda vez en cuatro semanas de que hiciera las paces con Winston.

No, Evan Gallagher tenía que tener otro motivo.

—Tú insiste en decir que es por altruismo, pero yo no soy tan ingenua. De todas formas, no importa porque se va.

El Lexus cruzó el aparcamiento levantando una gran polvareda y salió a la calle. Marta debería de haberse sentido encantada de darle carpetazo a esa parte tan dolorosa de su pasado.

Le había dejado claro al doctor Gallagher lo que pensaba para que se molestara en intentar reabrir el caso.

Así era mejor. Sus hermanastras, su padrastro y sus pacientes eran suficiente. No tenía ni tiempo ni ganas de bailar al son de Winston Clay.

Por lo que le había oído a su madre en las pocas ocasiones en las que hablaba de su padre, Winston era un experto en manipular a la gente.

—Volverá —dijo Ros.

—¿Qué te hace pensar eso?

—No parece de los que se da por vencido fácilmente.

—¿Y qué va a hacer? Él me expuso su pregunta y yo le contesté que no. En estos momentos, va en dirección a Colorado.

—Yo no apostaría tanto.

–Venga, le ha quedado muy claro lo que pienso de Winston Clay. Aunque se quedara en New Hope, no me haría cambiar de opinión.

–Te digo que volverá, Marta –insistió Ros–. Mira cómo ha escrito su nombre.

–¿Y qué?

–Que un hombre que escribe su nombre en mayúsculas es porque confía en triunfar. No le gusta no salirse con la suya. Te apuesto el sueldo.

–Puede que no le guste no salirse con la suya, pero eso es lo que le ha ocurrido –contestó Marta–. Estoy segura de que lo he convencido para que me deje en paz.

–No estaría tan segura –dijo Rosa frunciendo el ceño.

–Ya sé que sueles acertar analizando la caligrafía de la gente, pero me parece que te estás pasando con este hombre.

–Pues te voy a decir más. ¿Ves que ha escrito su nombre de pila más pequeño y más hacia la izquierda que el resto de la firma? Tiene algún conflicto en su vida y no creo que sea en su vida social.

–¿Eso también lo ves en su firma?

–Eso lo veo en su estupendo cuerpo y su guapísima cara –contestó Rosalyn sonriendo– y su caligrafía me lo confirma.

–¿De verdad?

–No seas tan escéptica. ¿No ves que aprieta al escribir? –le indicó–. Compárala su firma con las

demás. Son trazos fuertes, que indican sensualidad. Fue lo primero en lo que me fijé.

–Ya te podías haber fijado en su nombre y así
me habrías ahorrado la conversación que he tenido con él.

Ros se encogió de hombros.

–Lo siento. No siempre puedo ser perfecta. Recuerda lo que te digo. El doctor Gallagher va a
volver al ataque.

–Dejando esto aparte, ¿dónde estará el verdadero doctor Evans?

–Puede que haya tenido un accidente de tráfico.

–No creo.

–Voy a llamar a ver si averiguo algo.

–Mejor, lo voy a llamar yo. Ya estoy harta de
sus excusas.

–¿Y qué vas a hacer?

–Voy a hablar directamente con su jefe, con el
doctor Campbell. Puede que si lo amenazo con
desembarcar en su clínica con un buen número de
mis pacientes, se despabile un poco.

–Cruzaré los dedos –dijo mirando por la ventana–. No empezamos muy bien. No mires, pero
acaba de aparcar Mónica Taylor.

Marta se levantó y suspiró. Aquella mujer era
difícil de tratar y siempre tenía las mismas dolen-
cias: dolor en el pecho, malestar general o fuertes
gastroenteritis.

Marta no siempre era capaz de diagnosticarle

algo en concreto, pero le daba medicinas que le debían de ir bien porque la mujer nunca repetía dolencia en dos semanas. Cada vez que aparecía por allí, Marta se daba cuenta de lo mucho que desconocía sobre el cuerpo humano. Ella quería que otro médico le diera una segunda opinión, por si se le había escapado algo, pero Mónica se negaba a recorrer los casi cincuenta kilómetros.

Por eso, Marta necesitaba desesperadamente que otro médico fuera a New Hope a examinarla.

–Le dije que viniera creyendo que el doctor Evans iba a estar, pero la vamos a tener que mandar a casa.

–¿No le hemos pedido cita con el doctor Campbell?

–Sí, varias veces, pero no quiere ir.

–¿Por qué?

–Siempre me dice que está muy lejos y que es muy caro.

–Es una excéntrica. Dicen que tiene más dinero que tú y yo juntas en toda la vida. Entre la herencia, las inversiones y el seguro de vida del marido, se supone que tiene medios.

–Pues no lo parece.

Mónica Taylor tenía sesenta años, era alta y no parecía ciega a la hora de combinar los colores de sus ropas. Le encantaba comprarse cosas en los mercadillos y las combinaba sin tener en cuenta si pegaban o no. Aquel día, llevaba unos pantalones morados con una camisa hawaiana rojo y naranja.

–Créeme, podría permitirse el pagar un equipo completo de médicos para ella solita –dijo Ros sin añadir nada más porque la aludida estaba entrando.

–Buenas tarde, señora Taylor –la saludó.

–Hola, Rosalyn. Hola, Marta –sonrió Mónica–. He venido a ver al médico.

–Lo siento, pero no ha llegado –le explicó Marta.

–Lo esperaré.

–No sabemos cuándo va a llegar –dijo Marta odiándose por ello y jurándose que el doctor Evans se iba a llevar su merecido.

–Menudo irresponsable –comentó Mónica–. Esperaba que, por fin, alguien me dijera qué tengo.

Marta también lo estaba deseando, pero aquel «por fin» la puso de los nervios. Había hecho todo lo que había podido, pero decidió pasarla a consulta aunque estaba hasta arriba de pacientes.

–No me encuentro muy bien desde hace unos días –añadió Mónica–. Me duele el pecho.

–Vamos a ver qué se oye –dijo Marta tragándose el ataque de la mujer e intentando mostrarse educada.

Al cabo de unos minutos, en una sala de exploración, Marta tomó las constantes vitales de Mónica antes de pasar a auscultar el corazón y los pulmones.

–Tiene los pulmones bien –le dijo con el estetoscopio colgado del cuello– y el corazón suena de lo más normal, pero le voy a hacer un electro para cerciorarnos –añadió colocando a la paciente en posición y enviando los gráficos a la clínica del doctor Campbell–. Solo tardará unos minutos en darnos el resultado. Espere aquí. Volveré en cuanto tenga el diagnóstico del doctor.

–Bien.

Marta salió y fue a su despacho a hacer una llamada. Marcó de memoria y habló con Connie, la recepcionista del doctor Campbell.

–El doctor Evans no ha llegado y me gustaría saber cuándo va a venir.

–Le pongo con el doctor Campbell –contestó Connie nerviosa.

–Gracias –dijo Marta.

–Marta, tenemos un problema –le comentó el doctor Campbell al instante.

–No me diga. Lo que quiero saber es si el doctor Evans va a venir. En realidad, me gustaría saber si existe el tal doctor Evans.

–Existe, pero se ha ido. Su mujer no soportaba vivir aquí y se han vuelto a Kansas City a los pocos días de llegar. Me entregó la dimisión hace dos semanas y no lo he vuelto a ver.

–Podría haberme llamado. Tengo pacientes esperando.

–Lo sé. He intentado ir yo, pero no he tenido tiempo.

–¿Y qué hago? Abrimos esta clínica satélite para atender a los habitantes de New Hope. Si les decimos que tienen que ir a Liberal para todo…

–Estoy intentando solucionarlo. De hecho, voy a contratar a un interino. Tengo uno que tal vez podría empezar a trabajar mañana, pero todavía no está claro.

–Bien –contestó ella–. ¿Ha visto el electro que le acabo de mandar?

–Lo estaba viendo mientras hablamos. No detecto ninguna anormalidad. ¿Tiene antecedentes de corazón?

–No, pero le duele el pecho.

–Es un electro normal. ¿Le ha hecho análisis de sangre?

–Todavía, no.

–Hágalos. Puede que nos aclaren algo.

–Bien. Llámeme en cuanto sepa algo del nuevo médico.

–La llamaré antes de las cinco –prometió.

Marta colgó y volvió junto a Mónica.

–El electro está bien, pero le voy a hacer unos análisis para controlar las encimas del corazón.

–¿Y luego me podré ir?

–Sí –contestó Marta llenando dos frascos de sangre rápidamente–. Tendré los resultados mañana. La llamaré.

–No tengo teléfono.

–Bien, pues pásese por aquí a la hora de comer.

–De acuerdo.

El resto de la tarde se fue volando. A las cuatro y media, Ros le dio la buena noticia.

–Ha llamado Connie. El médico nuevo estará aquí mañana por la mañana.

–¿Te ha dicho cómo se llama o algo?

–No, parece ser que tenemos suerte porque es internista y uno de los mejores.

–Estupendo.

Lo único que quería Marta era que fuera alguien con quien resultara fácil trabajar. Alguien como…

Evan Gallagher. ¿De dónde se había sacado eso? Era guapo, educado y simpático, pero, teniendo en cuenta a la persona a quien representaba, esas tres cosas no eran ventajas sino inconvenientes.

A la mañana siguiente, cuando llegó y vio el Lexus aparcado en la clínica, añadió insistente a la lista.

Aparcó su Jeep Wrangler blanco junto a su coche y casi lo pisó al salir.

–Mi contestación sigue siendo no.

–No le he preguntado nada.

–Entonces, ¿qué hace aquí?

Evan sonrió.

–Estoy esperando a que comience el día.

–¿De qué está hablando?

–Me envía Joe Campbell.

–¿Cómo?

–Soy el nuevo médico.

Capítulo 3

MARTA cerró el coche de un portazo.
–Imposible. No puede ser usted el nuevo médico.

Evan siguió apoyado en su Lexus con los brazos cruzados.

–Lo soy.

–¿Ha quién ha recurrido? –preguntó Marta viendo ya la influencia de su abuelo detrás de todo aquello.

–A nadie. Ustedes necesitaban un médico y yo estaba disponible.

–Claro. Un pez gordo de la medicina de Dallas que no tiene nada que hacer. ¿Quién le habló de Joe?

–Usted.

–Yo no… –se interrumpió al recordar que había pronunciado el nombre de Joe Campbell mientras Evan intentaba presentarse–. Sí, es cierto, pero eso no explica qué hace usted aquí en lugar de estar en Colorado disfrutando de la montaña.

–Como le he dicho, ustedes necesitaban un médico y Joe decidió que fuera yo.

—¿Durante cuánto tiempo?

—El que haga falta.

—¿Para qué? –preguntó Marta. Sabía la contestación, pero quería oírselo decir.

—Para que cambie de opinión sobre su abuelo.

—No hay tiempo en el mundo para eso.

Él se encogió de hombros.

—A mí me parece que sí.

—Está usted decidido, ¿verdad?

—Sí.

—Esto de tenerlo aquí es completamente ridículo.

—Yo creía que sería una estupenda solución y el doctor Campbell, también.

—¿Y por qué renuncia a sus maravillosas vacaciones? En New Hope no hay más que horizonte y hectáreas de plantas trepadoras.

—Me gustan los espacios abiertos. Según los periódicos, también hay plantas trepadoras en Singapur y en Londres.

—Se está usted desviando del tema. Usted no tendría que estar aquí.

—Estoy donde quiero estar.

—Ya entiendo –comentó ella viéndolo claro–. Usted no es solo amigo de mi abuelo. Lo tiene en nómina, ¿verdad?

—Siento tirar su teoría por tierra, pero mis ingresos proceden de otras fuentes. En cuanto a su abuelo, nuestra relación se remonta en el tiempo hasta hace varios años –si Evan Gallagher no era el médico de Winston Clay, la única explicación era que ambas familias fueran de la misma clase social. Era la conexión lógica entre los dos–. Ya le he dicho que Winston no sabe que estoy aquí. Cree que estoy en Breckenridge.

–No querrá que me lo crea, ¿no?

Él se encogió de hombros.

–Crea lo que quiera, pero es la verdad. Si quiere, llame a su abuelo y pregúnteselo.

–Lo haría, pero eso es exactamente lo que usted quiere, ¿verdad?

Evan sonrió.

–Puede que sí y puede que no. No lo sabrá si no llama.

–Lo siento, no he picado. Tendrá que volverlo a intentar.

–Como quiera. ¿Le importaría que siguiéramos hablando de esto dentro? Nos están empezando a mirar. A mí no me importa, pero tal vez a usted… –le dijo indicándole con la cabeza que mirara hacia la calle.

Un pontiac antiguo pero bien cuidado estaba pasando a poca velocidad. Beatrice Higgins apenas llegaba al volante, pero estaba más pendiente de ellos que de la carretera.

Marta protestó. Bea solía meter las narices en las vidas de los demás y tenía la cualidad de estar siempre donde más molestaba.

–Esto no ha acabado –advirtió Marta.

–No se me había pasado por la imaginación.

La simpatía de Evan la ponía de los nervios. Le

hubiera gustado gritar para desahogarse, pero no lo iba a hacer delante de él, no le iba a dar semejante satisfacción.

Mientras abría la puerta de la clínica, pensó en qué decirle para quitárselo de encima. Se sentía como una brizna de hierba atrapada en un tornado, sin escapatoria.

Se dirigieron a su despacho, donde dejó el bolso sobre la mesa. Marta tomó aire.

—¿Por qué no empezamos de nuevo?

—Me parece bien. ¿Le parece bien que me siente mientras arreglamos las cosas?

Marta asintió deseando poder volver a meterse en la cama y retrasar el despertador varias horas. Lo miró mientras se sentaba y ponderó la situación.

El desprecio no había funcionado ni el enfado, tampoco. Aquel hombre había aguantado estoicamente. Tal vez, había llegado el momento de darle su versión de los hechos. Así, quizás, se iría.

Sí, había llegado el momento de contarle que un día se había tragado su orgullo porque Rachel la había convencido para que diera una oportunidad a Winston y lo único que había obtenido había sido frialdad por su parte. Recordar cómo aquello había acabado con su autoestima la hizo sentir una puñalada de dolor en el pecho y el estómago ácido.

Buscó en la mesa y se tomó un antiácido mientras Evan la observaba.

–A ver si lo he entendido –dijo contenta consigo misma por sonar normal–. Usted es el nuevo interino.

–Sí.

–No se va a Colorado.

–No inmediatamente –contestó. Para ser sinceros, Evan no quería pasarse las vacaciones en New Hope. Si hubiera sido porque le debía a Winston la carrera y porque lo consideraba como de su familia, nunca habría cambiado sus vacaciones de paz y soledad por aquel abrasador calor. Tenía la esperanza de terminar rápido con aquello y poder irse.

–Usted es médico…

–Internista –le dijo.

–Supongo que no podrá tener vacaciones para siempre.

Evan entendió por qué parecía tan segura de sí misma. Creía que podría dejarlo sin tiempo.

–Sí, pero estoy de baja –la informó. No creyó necesario entrar en detalles. Tenía de cuatro semanas a tres meses. Aunque tuviera que pasar un tiempo en New Hope, todavía le quedaría bastante para descansar en Colorado.

–No importa cuánto tiempo pueda quedarse. A la clínica solo tiene que venir un día a la semana. Aunque pudiera quedarse un año, no me haría cambiar de parecer.

–Veo que el doctor Campbell no le ha dicho lo de mis horas –comentó Evan sacándose el segundo as de la manga.

–No.

–Como usted llevaba tanto tiempo pidiendo un médico, pensamos que habría mucho trabajo y voy a venir todas las mañanas.

–¿Todas las mañanas?

–Como un reloj –contestó alegremente. Si quería que su plan diera frutos, el contacto tenía que ser diario.

Marta se sentó, completamente sorprendida.

–Mire, le voy a ser sincera. No lo quiero aquí.

–Podré aguantarlo.

–No, de verdad, es que no lo quiero aquí.

–No tiene elección.

Marta abrió la boca, pero no dijo nada. Se aclaró la garganta y descolgó el teléfono.

–Esto no va a funcionar, es así de simple. Le voy a decir a Joe que mande a otra persona.

–Puede intentarlo, pero si quiere un médico va a tener que conformarse conmigo.

–Seguro que hay algún otro –dijo casi frenética.

–Joe no tiene a nadie que me pueda sustituir ni tiempo para buscarlo. Entre quedarse conmigo o sin nadie, creo que yo soy la mejor solución.

Sus ojos se encontraron durante un par de minutos. Entonces, Marta se dio cuenta de que los que saldrían peor parados serían sus pacientes y colgó el teléfono.

–O lo que es lo mismo: dentro de lo malo, es mejor quedarse con usted.

—Según cómo lo vea.

—Es usted como él, ¿verdad? —preguntó irguiéndose.

—Gracias por el cumplido —contestó Evan asumiendo que se refería a Winston.

—No ha sido un piropo. Manipular a la gente no es una virtud.

—Yo no la he manipulado.

—¿Cómo llamaría a entrometerse para conseguir lo que uno quiere?

—Yo me ofrecí y su jefe fue lo suficientemente listo como para aprovechar la oportunidad. Podría haberse negado. A mí no me parece manipulación.

—Usted sabía que no se iba a negar —apuntó Marta yendo hacia la puerta.

—Aposté… y gané. De lo contrario, no estaría aquí.

—Donde, evidentemente, no es bien recibido.

Evan se levantó.

—Esta mañana he visto claro por qué lucha contra mí con uñas y dientes.

—¿Será porque no para de acosarme con lo de mi abuelo? ¿Será porque me repite constantemente lo buena persona que es? —preguntó amablemente.

Evan ignoró aquellas preguntas porque lo había pillado.

—La preocupa que si me quedo por aquí consiga hacerla cambiar de opinión.

–Qué ridiculez –contestó ella con la boca abierta.

–¿Ah, sí?

Marta no contestó, algo que él tomó como significativo. Cuando volvió a hablar, fue en tono completamente profesional.

–Voy por los expedientes de los pacientes que va a ver hoy. Puede usar mi despacho.

–No quiero causarle molestias…

–Demasiado tarde –lo interrumpió–. Ya lo ha hecho.

Marta agarró el pomo de la puerta. Evan sabía que si se iba, pasaría mucho tiempo hasta que retomaran la conversación.

–Espere –Marta dudó, pero acabó dándose la vuelta–. Esto podría no ser duro para ninguno de nosotros.

–No lo será –contestó ella con decisión– porque usted tendrá sus pacientes y yo, los míos. Solo hablaremos de temas médicos, nada personal, y el nombre de mi abuelo queda prohibido desde ahora.

Aquella mujer estaba de lo más guapa cuando se enfadaba. Su advertencia no intimidó a Evan.

–Winston la necesita.

–No intente que me sienta culpable. Ese hombre no necesita a nadie y, menos, a mí.

–Usted también lo necesita a él, pero todavía no se ha dado cuenta.

–Doctor Gallagher, no venga de psicoanalista conmigo.

—Es sentido común.

Marta abrió la puerta.

—A mí me parece que es una situación que no tiene salida. Winston Clay no forma parte de mi vida y usted no está dispuesto a irse hasta que lo incluya. Espero que no tenga usted prisa porque cambiaré de opinión cuando se hiele el infierno. ¿Le importaría que empezáramos a trabajar?

Evan ya había insistido bastante, por el momento.

—Muy bien, pero quiero que sepa que no me doy fácilmente por vencido.

—Yo, tampoco.

—No dejaré que me afecte —murmuró Marta mientras buscaba los expedientes, empezando por el de Mónica Taylor—. Yo haré mi trabajo y él, el suyo.

Estaba tan abstraída en sus pensamientos que no había oído el ruido de la silla de Ros.

—No es buen síntoma que hables sola —comentó divertida—. Me ha parecido ver un Lexus que me suena aparcado ahí fuera.

—No me lo recuerdes.

—¿Dónde está? —preguntó Ros mirando a su alrededor—. Pensándolo bien, no me digas qué has hecho con él. Prefiero no saberlo.

—Está en mi despacho. Habló con Campbell y es nuestro nuevo médico.

–Increíble. ¿Podrás aguantar su presencia una vez a la semana?

–Es peor. Va a venir todos los días durante no sé cuánto tiempo.

Marta se dio cuenta de lo triste que era estar cerca de un hombre tan extraordinariamente guapo que lo único que le recordaba era algo doloroso que prefería olvidar.

¿Por qué no sería bajito, gordo y feo? Así, al menos, no tendría las hormonas revolucionadas.

–Estupendo. ¿Quieres que empiece a llamar?

–Sí, mira a ver si puedes localizar a estas personas.

–Bien.

Marta se fue pasillo abajo con los expedientes. Menos mal que se llevaba a las mil maravillas con Ros. Iba a necesitar ayuda las próximas semanas hasta que Evan Gallagher aceptase que había perdido y se fuera.

Al entrar en su despacho, se lo encontró mirando el cuaderno donde apuntaba los diagnósticos.

–Estos casos son los más urgentes –dijo dejando los informes sobre la mesa–. Ros nos avisará cuando vayan llegando.

–Bien –dijo leyendo cuatro informes, incluido el de Mónica Taylor–. ¿Me podría decir cómo están organizadas las cosas por aquí en cuanto a citas, pruebas de laboratorio y todo eso?

Marta se relajó. Si hablaban de temas profesionales, no le importaba tenerlo cerca. Así vería que ella no estaba dispuesta a entrar en más discusiones sobre el tema, se iría y su vida volvería a la normalidad. Marta le explicó cómo se organizaban en la clínica.

–He estado leyendo su cuaderno de instrucciones y me ha parecido muy completo.

–Gracias –contestó ella sonrojándose–. He intentado que fuera lo más comprensible posible porque ha habido que echar mano de él más de una vez.

Ros apareció en la puerta.

–Mónica y Juanita ya han llegado. No he podido hablar con los demás, pero lo seguiré intentando.

–Gracias –dijo Marta levantándose–. ¿Preparado? –le preguntó a Evan.

–Sí.

Durante la siguiente hora, Marta no pudo más que admirar tanto los conocimientos de Evan como médico como sus dotes para tratar a los pacientes. Le sorprendió que saludara a Juanita en español y mandó que le hicieran unos análisis de sangre y de orina como si tal cosa, para no asustarla ya que tenía una hipertensión de caballo.

A Mónica le hizo las mismas preguntas que le había hecho ella en otras ocasiones, lo que la tranquilizó.

–Su corazón está bien –informó a Mónica–. De hecho, tiene usted una salud estupenda.

—¿De verdad? —dijo la paciente sorprendida—. A veces, late a toda velocidad y entonces me duele tanto el pecho que me cuesta respirar. ¿Está seguro de que no tengo nada?

—Seguro —le aseguró.

—¿Y qué hago si me vuelve a doler el pecho?

—Se viene usted para acá —le dijo mientras la acompañaba a la puerta.

—¿Qué le parece? —le preguntó Marta cuando Mónica se fue.

—Está mejor que mucha gente de su edad. Creo que su diagnóstico era correcto. Estoy muy impresionado.

—Gracias —dijo volviéndose a sonrojar.

—¿Quién es el siguiente?

—Ya no hay más.

—¿Usted no tiene pacientes esta tarde?

—No, los miércoles, no. De septiembre a mayo, soy enfermera en el colegio, pero, como estamos en verano, tengo la tarde libre.

—Ah —dijo Evan yendo hacia la puerta—. Si necesita algo, estoy en el motel Lazy Daze, en la habitación número seis. ¿Me puede recomendar un sitio para ir a comer?

Marta sintió pena por él. Aunque se había ganado su respeto como médico, no debía invitarlo a comer a su casa. Tal vez, si se cansaba de comer fuera todos los días acabara yéndose.

—El Steakhouse Grill está bien.

–Bien. Por cierto, ¿sabe si hay apartamentos para alquilar por aquí?

–Hay unas cuantas urbanizaciones al este de la ciudad, pero no son muy lujosos.

–Mientras tengan lo mínimo, no me importa. Bueno, lo retiro. Un colchón cómodo es muy importante.

–¿Tiene mal la espalda? –le preguntó imaginándoselo tumbado con solo una sábana que le llegara a la cintura.

–No, pero cuando uno pasa tanto tiempo en la cama como yo, estar cómodo se convierte en una necesidad –Marta puso cara de disgusto al imaginarse que estaba alardeando de sus conquistas amorosas–. No es lo que usted está pensando. He tenido hepatitis A, pero no se preocupe, ya no soy contagioso.

–¿Por eso tenía pensado ir a Colorado, para reponerse?

–En parte –contestó haciendo que Marta sintiera curiosidad. Decidió no seguir preguntando porque ya había roto su norma de hablar con él solo de trabajo.

La vida personal de Evan no era de su incumbencia. Si bajaba la guardia, se olvidaría de que no era cualquier interino.

Hacerse amiga de un hombre que tenía una estrecha relación con su abuelo era buscarse problemas.

Capítulo 4

DURANTE los siguientes diez días, Marta intentó encontrar defectos a Evan, pero no pudo. Era eficiente, buen médico y educado con todo el mundo, incluso con ella... y aquello la distraía.

Aquel viernes por la tarde, Evan tenía la tarde libre y se había ido. Marta estaba buscando algo en la mesa para calmar su estómago, cuando oyó la voz de Ros.

—¿Estás buscando un tesoro perdido?

—Muy graciosa. ¿Has visto...?

—No —contestó Ros.

—Pero si no sabes lo que te iba a preguntar.

—Sí, sí lo sé. El estómago te está dando guerra y estás buscando lo que siempre te tomas para arreglarlo —contestó Ros acercándose.

—Sí, lo admito. ¿Los has visto?

—Aquí —dijo Ros señalando un frasquito vacío.

—Pero si los acabo de comprar.

—Ya. ¿Puedo uno ser adicto a los antiácidos?

—Por Dios, no soy adicta.

—Te los tomas como si fueran caramelos. Me

parece a mí que, si los necesitas tan a menudo, es porque tienes un problema serio.

–Efectivamente. Se llama Evan Gallagher.

–Pues no sé por qué. Es guapísimo, es maravilloso trabajar con él y…

–No hace falta que sigas con la lista de sus interminables virtudes. Todo el mundo está encantado con él. Si os pidiera la luna, se la daríais. Si no te hubiera dejado que interpretaras su caligrafía, no te caería tan bien.

–Se lo pedí porque me pareció un carácter interesante para estudiar. Así, tal vez, no lo veas con tan malos ojos.

–La verdad es que lo que quiero es no verlo.

–Eso no es cierto. Sabes que nos viene muy bien que esté aquí. Sabes que ha conseguido estabilizarle el nivel de insulina a María y que no haga trampas en el régimen. Le está haciendo a la señora López pruebas de las que yo ni siquiera había oído hablar para saber por qué tiene la tensión tan alta. Además…

–Muy bien, muy bien, es un médico apto.

–¿Apto? Pero si es fantástico. No sabía que existieran médicos como él.

–No exageremos –dijo Marta negándose a admitir la reverencia que le producían sus conocimientos. Si su vida personal no estuviera ligada a él, besaría por donde él pisaba exactamente igual que los demás.

Se había convertido en algo normal verlo montando en su bici por la ciudad y ya se había ganado las simpatías de todo el que se había cruzado en su camino.

Desde luego, el problema era su propia vida personal. Estaba hablando de un paciente con él y, de repente, percibía el aroma de su colonia, se fijaba en cómo se tocaba la barbilla pensativo con aquellos dedos largos y delgados o veía el hoyito que se le formaba la mejilla cuando sonreía. Entonces, le temblaban las piernas y le costaba recordar a lo que había ido el doctor Gallagher allí. No debía sentirse atraída por un hombre que le estaba haciendo la vida imposible sin ni siquiera proponérselo.

—No sé por qué te cae tan mal. Es amigo de tu abuelo, pero eso no es una ofensa.

—Debería serlo —contestó Marta.

Ros se encogió de hombros.

—No me gusta tener que decírtelo, pero te estás comportando como una niña y como una gallina.

Marta no pudo objetar nada porque Ros tenía razón. La inseguridad, la rabia y la frustración de la adolescente de quince años habían vuelto a aflorar.

Suspiró y dejó caer los hombros.

—Ay, Ros, no sé qué voy a hacer. Ese hombre me pone de los nervios.

—¿Qué hace para ponerte así? Es educado y amable, nunca levanta la voz y siempre se muestra amigable.

–Ese es el problema. Es demasiado encantador –contestó sin mucha convicción.

–Bueno, pues habrá que echarlo de la ciudad. Tú vete a por el alquitrán que yo traigo las plumas. O, si quieres, mejor lo linchamos.

–Sabes a lo que me refiero –dijo Marta mirándola exasperada.

–No, la verdad es que no entiendo cómo puede ser alguien demasiado encantador.

–Tú lo acabas de decir. Se muestra educado y simpático incluso cuando no debería –contestó recordando cómo Evan le había pedido unos datos en un pasillo en viernes y eso había sido suficiente para hacer que se pusiera a soñar despierta. Furiosa consigo misma por su falta de autocontrol, le había contestado que mirara los expedientes. Nunca habría contestado así a otro médico.

–¿Preferirías que te gritara?

–No. Sí. No lo sé. Solo quiero que... responda.

–¿Para qué? Para llamar al doctor Campbell y decirle que resulta imposible trabajar con él.

Marta se sintió avergonzada.

–Muy bien. Reconozco que se me ha pasado la idea por la cabeza, pero creía que se iba a ir por su propio pie si lo trataba con frialdad.

Por desgracia, su plan no había dado resultado. Era ella la que solía derretirse en su presencia. Le costaba mantenerse distante.

–Ya te dije que no se iba a dar por vencido –le recordó Ros.

–Ya lo veo.

–Bien, quieres que discuta contigo, pero él es demasiado educado. Venga, cuéntame cuál es el verdadero problema.

Sus excusas le sonaban estúpidas incluso a ella misma.

–No es nada.

–¿Cómo que no? ¿Y, entonces, por qué te pasas el día tomando antiácidos?

–Es irracional y ridículo.

–Los miedos suelen ser así.

Marta dudó, no sabía cómo explicar su zozobra.

–Siempre hablamos de trabajo. Y, cuando no es así, solo habla de tópicos, el tiempo y esas cosas.

–¿Y no era eso lo que tú querías? Si no recuerdo mal, dijiste que el nombre de tu abuelo estaba prohibido.

Marta asintió.

–Lo sé, pero aunque Evan está jugando según mis reglas, tengo la impresión de que está esperando. Cuando haya conseguido que baje la guardia, me atacará por sorpresa y no sabré cómo defenderme.

–Ya entiendo, pero, ¿por qué tienes que defenderte?

«Porque Winston Clay me dejó la moral por los suelos», pensó.

–La primera vez que vi a Winston Clay, se puso a gritarme porque me había atrevido a ir a su despacho. Nunca me había sentido tan insignificante, tan poco importante, en mi vida. Cuando salí de allí, me hice el firme propósito de convertirme en alguien tan importante y exitoso como él.

—Oh, Marta —dijo Ros conmovida—. Todos estos años, te veía trabajar duro y no sabía por qué lo hacías...

Marta se encogió de hombros.

—Bueno, es que no me gusta hablar de ello.

—Vas a tener que sobreponerte a esto. La situación con tu abuelo te está devorando y no te viene bien ni física ni psíquicamente.

—Lo sé —contestó, pero sabía que perdonar a Winston no sería fácil.

—¿No crees que el doctor Gallagher también se habrá dado cuenta de que tomas demasiados antiácidos?

Marta recordó que aquella misma mañana, la había visto justo tomándose uno. Había fruncido el ceño y, aunque ella había esperado que comentara algo al respecto, él se había limitado a levantar una ceja y a preguntarle por los resultados de los análisis de Juanita López.

Oh, sabía el efecto que tenía sobre ella.

—Sí, se ha dado cuenta, pero no ha dicho nada.

—Poniéndote enferma, lo que estás haciendo es que tu abuelo controle tu vida —aquella verdad la golpeó con fuerza. Se había prometido a sí misma que aquel hombre no volvería a tener ni el poder ni la oportunidad de volver a hacerla daño. La distancia física había sido suficiente para que no se presentara la oportunidad, pero, a pesar de que llevaba años intentando no pensar en él, seguía luchando contra el poder que ejercía sobre ella el hecho de que la hubiera rechazado–. Además, estás enfocando este asunto mal. Estás a la defensiva y, tal vez, deberías cambiar de táctica.

–¿Te refieres a…?

–Saca tú el tema. No esperes a que sea el doctor Gallagher. Cuéntale a él lo que me has contado a mí y acaba con esto de una vez.

–No puedo.

–No tienes otra alternativa. A no ser que quieras comprar antiácidos a toneladas.

–Se lo contaría a Winston y entonces ese hombre sabría… –«el inmenso daño que me ha hecho», concluyó para sí misma.

–Sé que es duro, pero no puedes seguir así.

No podía hacerlo. La solución era que Evan Gallagher saliera de su vida.

–He decidido dejar que las cosas fluyan. Alguien tiene que salvarte de ti misma –comentó Ros triunfal.

–¿Qué has hecho?

–He invitado al doctor Gallagher a la barbacoa que esta noche hace Charlie para celebrar su cumpleaños.

–Muy bien. La mitad de la ciudad estará allí, así que ni siquiera lo veré.

–Sí, sí lo vas a ver porque es tu acompañante.

–¿Cómo?

La idea de aparecer con él era embriagadora y aterradora a la vez. Sería la envidia de todas las mujeres, pero estaría hecha un manojo de nervios.

–Tienes que pasar a buscarlo a las seis y cuarto.

–No.

–¿Por qué? ¿Vas a ir con Del?

–No. Está saliendo con Christina.

–Nunca he entendido por qué lo dejasteis.

–Porque él quería más de lo que yo podía darle. Yo solo lo veía como un amigo.

Del era el segundo hombre al que había decepcionado por no corresponder a sus sentimientos. La podrían tildar de loca, pero ella quería un hombre que hiciera que su corazón cantase y su sangre tararara por sus venas, alguien que la hiciera sentir descargas eléctricas. Alguien con quien saltaran chispas. La verdad es que quería abrasarse viva.

Pensó que, tal vez, se estaba equivocando. Sí tenía que ser eso porque si no no se explicaba que se le acelerara el pulso, se le dispararan las hormonas y el cuerpo entero se le descoyuntara en presencia de Evan Gallagher… un hombre que no le convenía en absoluto.

–¿Van a ir Rachel y Amy?

–Sí, pero no saben a qué hora. He quedado con ellas en vernos allí.

–Entonces puedes ir a buscar a Evan –insistió Ros–. Supongo que el pobre se está muriendo de

ganas de poder comer algo que no sea pizza o file-
tes. Yo, en su lugar, le besaría los pies a quien me
diera la oportunidad de variar el menú.

Marta se sintió un poco culpable. Evan debía
de estar ya harto de comer fuera. Si hubiera sido
cualquier otra persona, haría ya tiempo que Marta
lo habría invitado a cenar a su casa.

Pero no sabía si sería capaz de aguantar una
noche con él sin tener el trabajo como tema de
conversación. El riesgo era pensar en él como
acompañante y no como el enviado de Winston.

La idea de darle la vuelta a la tortilla y ponerlo
a él a la defensiva era interesante.

–Me lo pensaré.

–No tardes mucho porque te espera a las seis y
cuarto y es la una y media.

–He dicho que me lo pensaré.

–No se te olvidará, ¿verdad?

–No –contestó. ¡Cómo se le iba a olvidar!

Aparentemente satisfecha, Ros giró la silla y se
fue pasillo abajo.

Marta se quedó pensando. Tal vez Ros tuviera
razón. No era propio de ella esperar a que las cosas sucedieran solas. Sabía que era muy importante ir con decisión a por lo que uno quería.

De hecho, ir a recoger y llevar a Evan a casa de
los Zindel, podía ser la oportunidad perfecta para
conseguir hacer un trato. Estaba deseando ceder un
poco, pero tampoco todo de golpe, no podía pre-
tender que se enfrentara a su pasado tan de repente.

Era un desgaste tremendo intentar canalizar su furia contra él cuando no se la merecía. Había cometido el error de atacar al mensajero y había llegado el momento de parar.

Bien, iría a buscar a Evan para ir a la fiesta y aguantaría su discurso de lo bueno que era Winston Clay y de que había pasado suficiente tiempo como para hacer las paces.

Así, ella podría seguir con su vida y él, con la suya.

Si tuviera sentido común, apartaría aquella loca idea y seguiría con su vida.

Evan se estiró en la cama del motel y zapeó un poco en la televisión. Agradeció estar normalmente ocupado como para no verla. Ya había alquilado prácticamente todas las películas de vídeo de la tienda.

El problema era que eran las primeras vacaciones de verdad que tenía en su vida y no sabía qué hacer. Cuando era pequeño, no había dinero para vacaciones, solo para el día a día. En cuanto tuvo edad, se pasó todos los veranos trabajando e intentaba ahorrar. El tiempo libre que tenía mientras estudiaba la carrera y trabajaba de interno y de residente lo había dedicado también a trabajar para pagar las deudas.

Si hubiera sabido que buena parte de sus soñadas vacaciones se las iba a pasar en un motel deteriorado en vez de en un complejo de lujo por intentar arreglar las desavenencias entre Winston y su nieta se lo habría pensado dos veces.

Le estaba bien empleado por ser tan engreído. Se le había subido el éxito tanto a la cabeza que había creído que podía irrumpir en el despacho de Marta, decirle unas cuantas palabras zalameras y seguir su camino.

Difícilmente.

Por otro lado, la verdad era que aquellos días le estaban yendo bien. Se encontraba mejor físicamente gracias a sus acostumbrados paseos en bici y le gustaba el trabajo en la clínica. Trabajar en primera línea le había ido bien para cambiar un poco tanta enseñanza y tantas responsabilidades administrativas.

Después de tanto tiempo convenciendo a gente para que donara fondos para los proyectos del St Margaret, era muy refrescante ejercer la medicina de nuevo. Echaba de menos tratar a los pacientes como personas y no como casos de libro. Durante el brote de hepatitis se había preguntado si estaba haciendo lo correcto con su carrera.

Había decidido buscar respuestas durante las vacaciones, pero de momento solo había aparcado sus problemas y se había metido a arreglar los de los demás.

Aparentemente, no estaba consiguiendo ningún avance con Marta, pero sabía que, en realidad, no era así. Del desprecio más absoluto había pasado a solo el desprecio porque él seguía siendo el enemigo y no podía bajar la guardia.

Él no había vuelto a mencionar el nombre de Winston, tal y como ella había dicho, creyendo que rompería el trato a la menor oportunidad. A juzgar por la rapidez con la que engullía los antiácidos, era todo fachada.

Se sentía un poco culpable porque no era la primera vez que se veía en una situación así, en la que hay que desgastar a la otra persona, pero aquella vez lo que estaba en juego no era conseguir una rebaja fiscal. Nunca había dado con nadie cuya salud se resintiera por su presión.

Nunca había sentido el deseo de abrazar a la otra persona, estrecharla entre sus brazos y asegurarle que todo iba a ir bien.

Estaba tan acostumbrado al olor de Marta como al suyo propio. No hacía falta ni que estuvieran en la misma habitación para que sintiera deseos de arrancarle la ropa, soltarle el pelo, acariciar todos y cada uno de los centímetros de su cuerpo e introducirse en su interior.

Claro que nada de aquello era posible. Marta toleraba estar en la misma habitación que él, pero nada más. Aunque se mostrara más simpática con él, no podía pagar a Winston teniendo un romance con su nieta.

Tal vez, debería acabar con todo aquello antes de volverse loco.

Aunque le apetecía dejarlo, sabía que no lo iba

a hacer. Había pasado el punto de no retorno y algo le decía que se avecinaba algo decisivo.

De hecho, tal vez la fiesta de aquella noche fuera el momento que había estado esperando con tanta paciencia. Sabía que Ros había estado detrás de todo aquello y se preguntó cómo habría hecho para convencer a Marta.

Miró el reloj. Las dos menos cuarto. Tenía unas cuatro horas y media antes de tener que arreglarse. Se levantó de la cama, apagó el televisor y decidió irse a la piscina, aunque estuviera llena de niños.

Se puso el bañador rápidamente y, en aquel momento, lo interrumpió el teléfono. No le importó porque era mejor hablar con alguien, con quien fuera, que estar solo con sus pensamientos. Con un poco de suerte, podría ser el casero de unos apartamentos que había estado mirando.

–¿Evan? ¿Doctor Gallagher?

Aquella voz lo sorprendió, pero se alegró de oír a Marta más que si hubiera sido George Keating, a pesar de que se moría por perder de vista a sus amiguitos de seis patas.

–¿Qué tal? –preguntó intentando ocultar su alegría. Menos mal que no lo veía sonreír.

–Tenemos a un chico de unos veinte años con problemas.

–Bien. ¿Es grave?

–No es mortal. Respira y no veo sangre, pero está muy preocupado.

—¿Puede hacerlo usted…?

—No, insiste en verlo a usted y solo a usted. ¿Está libre?

—Estaré ahí en veinte minutos —prometió vistiéndose.

—¿No podría tardar menos?

Sintió un vuelco en el corazón. Su voz parecía más… agradable.

—Lo que tarde en vestirme —contestó detectando un silencio por parte de Marta. Obviamente, sus pensamientos no estaban siendo puros como la nieve—. Me iba a ir a la piscina.

—Ah. Venga en cuanto pueda.

—Estoy ahí en diez minutos.

Llegó en nueve y medio.

Si no fuera porque Marta tenía una expresión bastante grave en el rostro, habría bromeado porque lo estuviera esperando en la puerta. Antes de que pudiera abrir la boca, le dio un expediente.

—Gracias por venir. Espero que no le hayamos estropeado la tarde —se disculpó.

Evan se encogió de hombros.

—No estaba haciendo nada del otro mundo. ¿Quién es el paciente?

—James Carter. Tiene veinticuatro años y trabaja en un rancho de ganado. Las constantes vitales son normales, pero tiene la tensión alta. Seguramente será de los nervios porque, literalmente, no puede parar quieto.

—Y ha venido para…

–No me lo ha dicho –contestó ella encogiéndose de hombros–. Está claro que es por algo que prefiere contarle a un hombre. Es muy tímido; de lo contrario no le habría molestado. Está tan preocupado que no me pareció bien dejarlo así todo el fin de semana.

–Menos mal que estaba en la ciudad.

Marta se sonrojó, pero apartó la mirada y no contestó. Era demasiado pedir que le diera las gracias, pero tampoco había dicho lo contrario.

–Le está esperando en la sala dos –lo informó.

–Gracias. La llamaré si necesito algo.

–De acuerdo.

Al rato, Evan fue al despacho que compartía con Marta.

–¿Quién es el mejor urólogo de la zona?

–El doctor Tubman. Su número está en mi agenda.

A los pocos minutos, estaba hablando con él, intentando concentrarse en el caso que le ocupaba y no en el olor que Marta había dejado a su paso.

–Tengo a un joven con un posible cáncer de testículos. Sé que es viernes por la tarde, pero, ¿podría verlo hoy?

–Si llega antes de las cuatro, sí –contestó Bill.

Evan miró el reloj. Era las tres menos cuarto.

–¿Cuánto se tarda en llegar a la consulta del doctor Tubman? –le preguntó a Marta tapando el auricular.

–Media hora. Veinte minutos si va deprisa.

–No tenemos mucho tiempo, pero llegará –dijo Evan por el teléfono.

Informó a Jim de que el doctor Tubman lo iba a recibir y le aconsejó que no corriera con el coche.

–Me alegro de que me llamara –le dijo a Marta en cuanto el joven se hubo ido–. Ojalá Jim pase el fin de semana más tranquilo. A veces, no saber algo es peor que enfrentarse a la verdad.

–Sí –contestó ella dubitativa–. Por cierto, creo que Ros le ha dicho lo de la fiesta de Charlie.

–Sí –dijo él cauteloso ante el tono serio de ella.

Marta tomó aire y habló a toda prisa.

–Pasaré a buscarlo a las seis y cuarto si le viene bien.

Capítulo 5

MARTA esperó con la esperanza de que Evan dijera educadamente que no iba a ir, pero sabiendo que no iba a ser así.

Si su propuesta lo había pillado por sorpresa, había disimulado muy bien.

–Estupendo –sonrió–. Estaré listo a las seis y cuarto.

–Es informal, así que no hace falta que se arregle –le dijo imaginándoselo de repente en bañador.

–Informal, muy bien. Si fuera de etiqueta, habría sido más difícil.

Marta entendió por qué nunca llevaba camisa y corbata. Normalmente, la gente no mete en la maleta ropa formal cuando se va de vacaciones.

–Es fuera, así que hará calor. Normalmente, hay costillas, así que también será sucio.

–Calor y suciedad. Entendido –contestó él con el pulgar hacia arriba.

–No se sienta obligado. Si tiene otros planes... –¿Pero qué estaba haciendo? Le estaba intentando proporcionar una excusa para no tenerlo cerca.

Sí, eso era exactamente lo que estaba haciendo. Aunque una parte de ella quería que hiciera sus maletas y se fuera, otra no lo quería.

Era mejor dejar los esqueletos en el armario.

—No tengo otros planes. No se ofenda por la pregunta, pero ¿no tendrá pensado dejarme tirado en un descampado? —bromeó Evan.

—No, le prometo que no —contestó ella enrojeciendo.

Evan la miró a los ojos y vio una llamita al fondo.

—Nos vemos en un rato, a no ser que haya más pacientes.

Marta se rio.

—¿No ha tenido suficiente por hoy? Se supone que debería estar descansando.

—El Lazy Daze no es precisamente un lugar de veraneo.

Marta se imaginó en aquel motel y pensó que no lo aguantaría más de una noche y él llevaba más de una semana... Una vez más, volvió a sentirse culpable por ser tan fría con él.

—¿No ha encontrado un apartamento?

—No, el dueño quedó en llamarme, pero nada.

—Lo siento —contestó ella sinceramente.

—¿Qué? ¿No va a decir nada sobre que es un designio divino?

—Nada —contestó ella. Antes de hablar con Ros, habría dicho exactamente eso, pero las cosas habían cambiado—. Si no quiere volver allí...

–No, no quiero –dijo él completamente confundido.

Marta sonrió.

–Puede quedarse aquí con Ros y conmigo. Vamos a dejar todo listo para el lunes. Será una hora o así.

–Si las ayudo, tardaremos la mitad.

–¿Desde cuándo los médicos friegan el suelo y sacan la basura?

–Bueno, es que estoy desesperado. Además, no es la primera vez que fregaría un suelo. Cuando tenía quince años, trabajé en una tienda. Me dedicaba a arreglar las estanterías y a hacer todo lo que me decía el encargado.

–¿De verdad? –preguntó sin poder evitarlo. ¿Cómo era posible que un hombre de tan buena familia hubiera caído tan bajo? Ella habría esperado que hubiera empezado con algo más propio de su clase. Vicepresidente de un banco, por ejemplo.

–Nunca me habrían contratado si no hubiera sido porque era muy alto para mi edad y porque dije que tenía más años de los que en realidad tenía.

–No será verdad. ¿Mintió?

–No fue una mentira. Lo que ocurrió es que se corrió la tinta y el encargado creyó que era un cinco en vez de un seis. Mis padres y yo necesitábamos el dinero porque a mi padre lo habían despedido, así que no corregí el error y, así, podía trabajar más horas.

Aquellos comentarios hicieron que Marta sintiera curiosidad y que se preguntara si no se habría equivocado con aquel hombre.

Tal vez tuviera más en común con él de lo que había creído.

–Bueno, en ese caso, si quiere puede sacar la basura. El cubo está atrás... Y póngase guantes.

Evan se alejó y, tal y como había prometido, acabaron antes de tiempo. Cerraron la clínica y cada uno se fue por su lado.

Marta no sabía qué ponerse. Deseó que hubiera estado allí Amy. Tras descartar unos pantalones largos y una blusa porque se iba a asar de calor y unos pantalones cortos y un cuerpo porque no le parecían apropiados, eligió un vestido de flores y unas sandalias. Se dejó el pelo suelto, pero se puso una gorra para que no se le enredasen los rizos mientras iba al Lazy Daze.

Llegó al número y, antes de que le diera tiempo a salir del coche, Evan ya estaba allí.

Estaba estupendo, para quitar el hipo, de hecho. Llevaba unas bermudas azul marino sobre sus musculosos muslos y un polo blanco que marcaba su torso. No había ni un solo hombre en la ciudad que se le pudiera comparar.

–Bonitas ruedas.

–Gracias, suba –contestó ella un poco avergonzada porque había estado a punto de pasarle sobre los pies.

Ante su sorpresa, Evan se agarró de la barra y subió de un salto sin mayor esfuerzo.

–Me sorprende que tenga usted un Wrangler. Me la imaginaba más con una minivan, pero, desde luego, no con un jeep.

–Entre la nieve del invierno y el barro de la primavera, necesitaba un coche con tracción a las cuatro ruedas.

Al salir de la ciudad, aceleró. El viento silbaba y tenía que girar la cabeza para oír lo que le decía Evan.

–¿A cuánto está la barbacoa?

–Ya casi hemos llegado. Agárrese porque hay baches –le dijo señalándole un camino.

Marta agarró el volante con fuerza y se dio cuenta de que la estaba mirando. Le miró los brazos y luego los hombros. Los dos tirantes que sujetaban el vestido se le antojaron, de repente, demasiado endebles.

Se dio cuenta de que era la primera vez que la veía con ropa de calle, sin la bata de trabajar. No llevaba sujetador y sentía como si la estuviera traspasando con la mirada.

Vio un gran bache y dio un pequeño volantazo para no pisarlo. Al hacerlo, se le subió la falda por encima de la rodilla.

Tendría que haberse puesto pantalones.

Vio que él estaba encantado con lo que veía.

–Parece que hay mucha gente –comentó él mientras Marta aparcaba.

–La familia de Charlie siempre hace una gran fiesta. Ellos ponen la carne y los demás traemos el resto –contestó intentando salir del coche lo más ágilmente posible. Evan volvió a saltar.

Deseó tener unas piernas largas.

–¿Le importa agarrar el helado y el regalo? –le dijo indicando el asiento trasero mientras ella se quitaba la gorra y se atusaba los cabellos.

–Me muero de hambre.

Marta sonrió.

–Yo, también. Vamos a dejar esto y le presento a la gente.

Le presentó a Charlie Zindel, el homenajeado de trece años, y observó su reacción al verlo sentado en una silla con una manta sobre las rodillas.

–¿Qué tal, Charlie? –le preguntó dándole la mano.

–Muy bien. Cansado.

La madre de Charlie, una rubia de casi cuarenta años apareció por allí.

–Acaba de llegar del campamento Hope y me parece que se ha cansado mucho allí.

–He oído hablar de ese campamento. Está aquí en Kansas, ¿verdad?

–Sí. Cerca de Great Bend –respondió Charlie.

–Me parece que no hace falta que te pregunte cómo te lo has pasado –sonrió Evan.

–Ha sido una pasada.

–Demasiada pasada –intervino su madre, Lynette–. Lleva todo el día hecho polvo. Queríamos haber retrasado la fiesta, pero él ha insistido.

–Muy bien. No puedes posponer el festejar tu primer día de adolescente, ¿verdad?

–Exacto –contestó el niño mirando a su madre–. Mami, no te preocupes. Sé cuándo necesito descansar.

–Eso espero –contestó su madre–. En cuanto a ustedes dos, siéntanse como en casa.

–Gracias –dijo Marta dirigiéndose con Evan a la mesa donde estaban todos los regalos para dejar el suyo.

Una vez hecho eso, se dirigieron a las mesas donde estaba colocada la comida. No era fácil oírse porque la música estaba bastante alta. Se oían conversaciones en español y en inglés. Le presentó a Walter, el paramédico del condado, a Frank, uno de los médicos de urgencias y a los bomberos.

–Si me muriera ahora, iría al cielo –le dijo Evan al oído.

–¿Por qué? –le preguntó Marta viendo la cara de satisfacción que tenía.

–Por la comida. Está deliciosa, es casera.

Marta sonrió y dejó su plato de ensalada de espagueti junto a un cuenco de ensalada de pepino.

–¿Síndrome de abstinencia?

–No se puede ni imaginar lo aburridos que son los restaurantes y qué rápidos.

–Tenga cuidado con las judías de Minerva. Son matadoras.

–Tienen una pinta estupenda.

—Las apariencias engañan. Se lo advierto. Pero no dude en probar el chili de Juanita.

—Esta fiesta de cumpleaños es muy curiosa —comentó él mientras bebían algo—. No sé por qué, había creído que Charlie era un adulto. ¿Tiene leucemia?

—Sí —contestó sentándose en unas sillas un poco apartadas—. Cuando se la diagnosticaron, toda la ciudad se volcó. Recaudamos dinero para el tratamiento y, para animar a Charlie, sus padres comenzaron a hacer una fiesta de cumpleaños todos los años. Se ha convertido en un símbolo de esperanza para todos y en un reto para el niño.

—Es una gran idea.

—Siempre existe el riesgo de que ese año sea el último, pero ya llevamos tres. Hace unos meses, los médicos le dijeron que la enfermedad estaba remitiendo, así que esta fiesta es doblemente especial.

—¿Dónde lo tratan?

—En el MD Anderson.

Evan asintió.

—Es uno de los mejores del país.

—Merece la pena —dijo ella.

De repente, oyó unas voces y se dio la vuelta para ver quiénes eran. Se encontró con Rachel y Amy que iban hacia ellos.

—Estás aquí. Te estábamos buscando —dijo Amy.

Evan las observó mientras se besaban. Había

hecho sus deberes y sabía que la bajita rubia peli-
rroja era Amy, la pequeña, y que la más alta y mo-
rena era Rachel, que era más tímida.

—Acabamos de sentarnos. Creía que ya no ve-
níais –dijo Marta.

—¿Cómo nos íbamos a perder la fiesta de Charlie?

—Menos mal que os quedáis hasta el domingo.
¿Qué tal los exámenes, Amy? ¿Y tú, Rachel, qué
tal tu nuevo jefe?

—Muy bien, pero tus modales dejan mucho que
desear, hermanita –contestó Rachel mirando a
Evan.

—Oh, Rachel, Amy, este es el doctor Gallagher.

Rachel enarcó una ceja.

—¿Evan Gallagher?

Evan le tendió la mano.

—Sí. Encantado de conocerla.

—Lo mismo digo.

Sin saber qué estaba ocurriendo, se encontró
entre ambas mujeres, que lo llevaban hacia las bebidas.

—Parece tener usted sed –comentó Amy.

—Estoy bien –dijo mirando a Marta.

—A mí también me apetece beber algo. Os
acompaño –dijo ella.

—No, tú lo has tenido todo para ti un buen rato.
Ahora, nos toca a nosotras. Además, así, tú te que-
das cuidando el sitio. No te preocupes, lo tratare-
mos bien y te traeremos un refresco de naranja.

Evan no pudo objetar nada y se encontró andando con ellas.

—¿Qué hace usted aquí? —le espetó Amy sin preámbulos.

—He venido para hablar con Marta sobre su abuelo —contestó Evan adivinando que no se refería a la fiesta.

—¿Cómo tiene la cara?

—Solo estoy intentando reunirlos. No hay nada de malo en ello.

—La volverá a hacer daño —predijo Amy.

—No, él solo quiere reconciliarse.

—¿Le ha contado Marta que ya se conocen? —interrumpió Rachel. Evan asintió—. No salió bien. Marta nunca nos contó por qué, pero me parece que él no la recibió muy bien. Ella dijo que le daba igual, pero no era así. De hecho, le sigue doliendo. Me siento culpable porque fui yo quien la animó.

—¿De verdad?

—Sí, lo planeamos todo. Ella se escapó del motel una tarde que nuestro padre tenía una reunión de negocios. Se fue al despacho del señor Clay con toda su ilusión, pero cuando volvió no estaba así. Queremos a nuestra hermana, doctor Gallagher, y no queremos verla así de nuevo.

—Ya veo. De verdad, hacer daño a Marta es lo último que quiere Winston.

Ambas mujeres se miraron.

–Si lo que dice es cierto… –dijo Rachel.

–Lo es.

Se volvieron a mirar.

–Entonces, cuente con nosotras –le propuso Rachel.

Evan suspiró aliviado.

–No se arrepentirán.

–Eso espero –dijo Amy amablemente–. Si usted o el señor Clay le hacen daño, no van a tener mundo suficiente como para esconderse.

Evan sonrió ante la amenaza.

–Lo tendré en mente. ¿No sabrán, por casualidad, quién le mandó el anónimo al señor Clay hace unos meses?

Rachel suspiró y miró a su hermana.

–No se lo diga a Marta, pero fuimos nosotras.

–¿Ustedes? ¿Después de lo que me acaban de contar?

–No estábamos seguros de que a Winston le importara Marta –se defendió Rachel–. Nunca nos ha contado qué pasó aquella tarde, pero creímos que el señor Clay se merecía otra oportunidad.

–Mandamos el artículo –añadió Amy– y esperamos a ver qué hacía Winston. Si lo hubiera ignorado –se encogió de hombros–, nos habríamos olvidado del tema, pero creímos que merecía la pena ver si había cambiado.

–El que usted esté aquí es una buena señal

–concluyó Rachel–. Somos soñadoras de finales felices.

–Son ustedes algo más.

–¿Verdad? –sonrió Amy.

–No soy psicóloga –dijo Rachel–, pero creo que Marta ha tenido una vida muy dura. Cuando su madre, nuestra madrastra, murió ella nos mantuvo juntos porque nuestro padre se fue abajo. No pudo soportar enviudar dos veces.

–Bueno –interrumpió Amy–, lo que esperamos es que su abuelo no sea el ogro que ella cree. Si nos equivocamos…

–Reunirlos no es un error. Ya lo verán –prometió Evan.

–Eso espero –dijo Amy.

En ese punto de la conversación, ya habían llegado donde estaban las bebidas.

–¿Cuánto tiempo va a quedarse? –preguntó Rachel mientras abría su lata.

–No lo sé, pero creo que me iré en agosto –contestó Evan. Había pensado que seis semanas serían suficientes.

–¿No tiene pensado quedarse en New Hope?

–Trabajo en Dallas y, para serles sincero, estoy acostumbrado a llevar una vida más ajetreada.

–Claro.

Al dirigirse donde estaba Marta, que los esperaba con el ceño fruncido, Rachel le apretó la mano.

–Buena suerte –le deseó.

—Gracias —contestó él presintiendo que la iba a necesitar.

Marta se alegró de que volvieran. No había pasado mucho tiempo, así que supuso que no habían tenido tiempo de hablar de nada importante, pero con sus hermanastras nunca se sabía porque estaban obsesionadas con que hiciera las paces con su abuelo.

Amy se sentó en la silla que había a su lado.

—¿Ves? Te lo hemos traído sano y salvo.

—¿Y qué tipo de historias para no dormir le habéis contado?

—No le hemos contado ninguna historia para no dormir. Todo lo que le hemos dicho es verdad —contestó Rachel.

Marta suspiró y evitó mirar a Evan.

—Me lo temía.

Amy le acarició la mano.

—Solo queremos lo mejor para ti. Uy, mirad a Del. Me parece que huele a romance por aquí.

Marta miró y vio a aquel hombre alto y larguirucho a quien conocía tan bien besando a Christina sin importarles que los viera todo el mundo. El hecho de que no le produjera celos la reafirmó en su decisión de haber roto con él.

—Vaya, Marta, Del y tú salisteis juntos tanto tiempo que creía que… —dijo Amy.

—Nadie te ha dicho que creyeras nada. Simplemente, queríamos cosas diferentes.

—A este paso, nunca te vamos a casar —intervino Rachel cruzándose de brazos.

Marta rezó para que Evan creyera que el repentino tono rojizo de su piel se debía al sol y no a la vergüenza. ¿Qué necesidad había de dejarle claro que no tenía pareja a un hombre que, probablemente, tuviera una diferente cada noche?

—Así no tendréis que compraros un vestido. Pensad en el dinero que os ahorráis.

—Sabes que no nos importaría lo más mínimo. ¡Estoy dispuesta a comer emparedados de mantequilla de cacahuete con mermelada un mes entero, así que ponte manos a la obra! —bromeó Amy.

Dos compañeros de clase de Rachel y Amy fueron a buscarlas.

—Hasta luego, hermanita, y no me esperes despierta —se despidió Amy.

—Habla por ti —intervino Rachel sonriendo al más alto de los dos.

Evan y Marta se quedaron solos.

—Parece que sus hermanas se mueren por verla casada —comentó Evan.

—Sí, es horrible. Ojalá se ocuparan tanto de su vida amorosa como lo hacen de la mía.

—Eso es porque la quieren ver feliz.

—Soy feliz.

—Ya sabe a lo que me refiero.

Marta suspiró.

–Lo sé. Rachel quiere un sobrino para mimarlo y Amy cree que estoy sola.

–¿Es cierto? ¿Se encuentra sola?

–Estoy demasiado ocupada como para sentirme sola.

–Yo podría trabajar unas cuantas horas más al día, pero hay momentos en los que me siento solo –confesó él.

–No me lo creo. Seguro que alternando con toda esa gente rica de Dallas, saliendo con sus hijas, ha encontrado a alguien con quien quisiera compartir su vida.

–Sí –admitió–. Jill tenía dos hijas y nos iba muy bien.

–¿Y qué ocurrió?

–Su ex marido volvió a la ciudad y le prometió trabajar menos, viajar lo estrictamente necesario y pasar más tiempo en casa.

–¿Y se lo creyó?

–Sí. Yo no creía que les fuera a ir bien, pero ella quiso intentarlo. Llevan tres años juntos y parece que él sigue cumpliendo con todas las promesas. Además, Jill está embarazada del tercero.

–Eh, como no os deis prisa, no va a quedar nada –los advirtió Ros acercándose.

Evan se levantó y agarró a Marta de la mano.

–Vamos, no estoy dispuesto a quedarme sin cenar.

Marta se dejó llevar intentando ignorar la sonrisa de Ros.

–¿Qué tal todo?

–Bien –contestó Marta mirándola como pidiéndole que no dijera nada que tuviera que explicarle luego a Evan.

Por suerte, apareció un musculoso pelirrojo que agarró la silla de Ros y comenzó a darle vueltas. Ella gritó y luego se rio.

–¡Abran paso! –gritó el chico y todo el mundo se apartó como si fuera Moisés en el Mar Rojo.

–¿Es su novio? –preguntó Evan.

–Eso le gustaría a él. Abe Sommers lleva años detrás de ella, pero Ros insiste en que no necesita una esposa paralítica.

–Seguro que Abe no la ve como una paralítica.

–No, pero es imposible hacérselo comprender a ella.

En la fila tenían al dueño de la ferretería y a su mujer. Mientras Evan hablaba con ellos, Marta se puso a pensar en el romance fallido de él.

Aquella Jill debía de estar loca o ser muy valiente para haber arriesgado su vida y la de sus hijas por la promesa de su ex marido. Podría haber sido un infierno. Por suerte, no había sido así.

Marta pensó que la gente podía cambiar para bien, pero no tenía suficiente coraje como para comprobarlo por sí misma.

Para cuando el sol se escondió tras los árboles, Marta estaba relajada por primera vez desde que Evan había aparecido en la ciudad. Ros había acertado obligándola a llevar a Evan a la barbacoa, pero no se lo iba a decir porque se pasaría toda la vida recordándoselo.

Verle la cara de felicidad que tenía ante su plato de costillas era de lo más agradable.

Al cabo de un rato, lo vio tumbarse en una hamaca. Parecía contento.

—¿Ha comido suficiente?

—Me parece que no me tenía que haber tomado el último brownie.

—Sí, me parece que habría sido suficiente con las galletas de mantequilla de cacahuete, el pastel de cereza y la tarta de queso.

—¿Cómo iba a dejar los últimos trozos? Estaban tan solitos… —contestó él tocándose la tripa.

Marta se rio. En ese momento vio que Lynette Zindel iba hacia ellos.

—Siento molestarlos, pero Charlie se encuentra mal. ¿Podrían venir?

Capítulo 6

TRAS COMPROBAR que el niño tenía solo un poco de fiebre, ambos salieron de su habitación para dejar que durmiera.

Tras hablar con sus padres y tranquilizarlos, fueron a sentarse al jardín. Habían encendido velas para ahuyentar a los mosquitos. Mucha gente se había ido, pero seguía siendo difícil encontrar sillas, así que Marta se sentó en un banco de madera que había bajo un roble a cierta distancia de los demás.

—Hace una noche estupenda —dijo comprobando que el banco parecía más grande antes de que se sentaran los dos. Tenía la pierna pegada a la de Evan y tuvo que controlarse para no agitarse nerviosa. Para evitarlo, puso ambas manos en el regazo.

—Sí —dijo él— y la compañía la hace todavía mejor.

Marta no era tan boba como para creer que lo decía por ella.

—Sí, la gente de New Hope es muy agradable.

—¿Usted ha vivido aquí siempre?

–Sí. Mi madre se fue de casa, se casó con mi padre y se fueron a vivir a Blackwell, en Oklahoma. Él murió en un accidente de coche y, cuando yo tenía cinco años, mi madre se casó con Cooper Wyman y yo, de repente, tuve dos hermanas pequeñas. Nos mudamos a New Hope porque él encontró aquí trabajo.

–Y no se ha vuelto a ir.

–No, solo los años que estuve en la universidad.

–¿Siempre quiso volver a ejercer aquí?

–Sí. Aquí la gente solía ir al médico cuando se estaban muriendo o ni siquiera entonces. Quería cambiar eso.

–Parece que lo ha logrado.

–No tanto como me habría gustado.

Evan puso el brazo en el respaldo del banco y Marta sintió el calor de su piel en la nuca.

–¿Qué cambiaría si pudiera?

–Me gustaría tener un aparato de rayos X u otro para hacer análisis, pero Campbell dice que no puede ser. No hay dinero. ¿Qué le voy a contar a usted?

–Efectivamente. Sin embargo, mi clínica tiene suerte porque tenemos donantes que nos ayudan.

–¿Así conoció a mi abuelo?

–Lo conocía mucho antes de ser médico.

–¿De verdad? –preguntó Marta interesándose por cómo un chico pobre que trabajaba en una tienda habría llegado a conocer al magnate del petróleo.

—A los seis meses de haberme puesto a trabajar, su abuelo contrató a mi madre como cocinera y a mi padre como jardinero. El trabajo incluía un pequeño apartamento, así que nos mudamos. Cuando Winston volvía del trabajo, siempre pasaba por la cocina para ver lo que había de cena. Normalmente, yo estaba haciendo los deberes a esas horas y me solía preguntar por el día. Cuando mi padre murió de un infarto, Winston se enteró de que yo quería ser médico y me ayudó a conseguirlo.

—Ya entiendo —declaró Marta dándose cuenta del gran aprecio que Evan sentía por Winston.

—Como podrá imaginarse, yo tengo un concepto de él muy diferente del suyo.

—Eso es culpa solo suya —dijo dolida porque Winston tratara a un desconocido como su nieto y nunca lo hiciera con ella, que era carne de su carne—. ¿Sabe que está usted aquí?

—Todavía no, pero acabará llamándome al móvil para ver si me lo estoy pasando bien en su casa.

—¿Y qué le dirá? —preguntó Marta mirándolo.

—Si me lo pregunta, le diré la verdad —contestó sin dudar.

—¿Y cuál es la verdad?

Evan sonrió.

—Que estoy disfrutando de una noche maravillosa con su encantadora nieta.

La intensidad de su mirada, su voz y su proximidad hicieron que a Marta se le pusiera la carne de gallina y sintiera un escalofrío por la columna vertebral.

Era como si el aire estuviera electrificado. Marta miró a su boca y percibió su olor mezclado con el dulzor de la salsa barbacoa.

A pesar de que estaban rodeados de gente, tuvo la sensación de que estaban solos.

—¿Se ha planteado alguna vez irse de New Hope? —preguntó Evan haciendo que Marta bajara de las nubes—. Por motivos de trabajo, me refiero.

—Quizás, si me ofrecieran unas buenas condiciones.

—¿Cuáles serían esas condiciones?

—No estoy segura. Sé que no es muy normal, pero yo estoy contenta con mi sueldo y con mi trabajo aquí.

—¿Y si se lo pidiera la persona correcta?

Marta sonrió.

—Entonces, iría, pero tendría que buscar a alguien que me sustituyera. No soy médico, pero es mejor tenerme a mí que no tener a nadie por aquí. Aquí tengo amigos a los que no me gustaría dejar. ¿Por qué lo pregunta?

—Por curiosidad —contestó Evan acariciándole la boca mientras los ojos le brillaban de una manera extraña—. Me muero por besarla.

—Pues va a tener que controlarse —le contestó recordando quién estaba detrás de él.

—Lo sé —dijo bajando la mano.

—No me dejo sobornar con un beso.

–¿Cómo?

–No cambiaré de opinión sobre mi abuelo solo porque me bese –le explicó de lo más cursi. Evan se quedó sin palabras y, de repente, soltó una gran carcajada–. ¿Qué le hace tanta gracia?

–Usted. Desde luego, es estupenda para el ego de un hombre.

–¿Qué quiere decir con eso?

–Me siento muy halagado. No me había dado cuenta de lo poderosos que podían ser mis besos si son capaces de afectar sus decisiones.

–No era un cumplido –le espetó avergonzada porque se riera de su comentario.

–Ya lo sé –dijo él abrazándola.

Aquel abrazo le demostró lo que siempre había creído. Estar entre sus brazos, aunque de forma inocente, era demasiado estimulante como para enfadarse. Además, se dio cuenta de que había sonado de lo más cursi. Aquello hizo que también se riera a carcajadas.

–Eh, esos dos de ahí, ¿qué es tan gracioso? –les gritó alguien.

–Lo siento, es una broma personal –contestó Evan soltándola–. ¿No le parece que hay demasiada gente?

Eso era exactamente lo que ella estaba pensando.

–¿Dónde quiere ir?

–No sé, usted es de aquí y, además, conduce. Usted decide.

—¿Ha ido a las cascadas del parque?

—No, me parece una buena idea.

Tardaron media hora en despedirse de todo el mundo y, para cuando llegaron, había anochecido. Al entrar en el parque, él le pasó un brazo por los hombros.

—Va muy despacio si pretende quemar todas las calorías que se ha metido —bromeó Marta.

Evan la acercó.

—¿No sabe que no hay que hacer ejercicio después de comer?

—Pero si ha cenado hace tres horas.

—Cómo pasa el tiempo —dijo sorprendido—. ¿Cuántos kilómetros hay que andar hasta las cascadas?

—Están ahí a la vuelta. Le advierto que los adolescentes suelen venir aquí —dijo Marta pensando que tal vez no había sido muy buena idea llevarlo allí.

Tonterías. Eran adultos. No iba a pasar nada... absolutamente nada. Una cosa era tener fantasías y otra caer en ellas.

—¿Ros siempre ha ido en silla de ruedas? —preguntó él.

—No. Montaba a caballo y corría en competiciones. Un día estaba entrenando y su caballo se encabritó. Ella salió disparada, se dio contra una valla y se lesionó la médula espinal. Tenía trece años.

—¿Fue una lesión fuerte?

–No lo sé, pero los médicos no le dieron esperanzas.

–Desde entonces, las cosas han avanzado mucho. ¿Ha consultado con algún médico?

–No quiere. Yo creo que no se quiere hacer ilusiones. No la culpo por ello.

Al doblar, apareció ante ellos una poza iluminada por focos acuáticos rojos, blancos y azules.

–Es muy original –comentó Evan observando los saltos de agua.

Marta fue hacia un balancín.

–Sí, y muy tranquilo –contestó columpiándose.

–¿Cuánto tiempo lleva abierta la clínica?

–Unos dos años. Yo terminé mis estudios con veintidós, luego trabajé en urgencias y más tarde me puse en contacto con el doctor Campbell para convencerlo de que abriera una clínica aquí.

–¿No estaba de acuerdo?

–Al principio, no. Tuve que insistir varios meses. Le enseñé los números y me pasé dos meses trabajando en su clínica para establecer el protocolo y demostrarle que podía trabajar sola.

–¿Fue él quien puso el edificio? Parece construido especialmente para la silla de ruedas de Ros.

Marta sonrió.

–No, fue el ayuntamiento de New Hope el que puso el edificio y el doctor Campbell firmó un contrato de cinco años con ellos. Yo personalmente me encargué de que todo fuera accesible con sillas de ruedas.

–Parece que siempre fueron buenas amigas.

–Es mi mejor amiga –lo corrigió–. Mientras yo estaba en la universidad, ella lo pasó muy mal. Había planeado dedicarse a los caballos, quería abrir una escuela y ya no podía. Estaba convencida de que su vida no tenía sentido, pero yo le prometí un trabajo. Conseguí que se le ilusionara y diera cursos de transcripción médica y de empresa. Era tan buena que le hicieron muchas ofertas, pero las rechazó todas. Tengo mucha suerte de que trabaje conmigo.

–Sí, desde luego. Podría darle clases a mi secretaria. Ros guarda con recelo su tiempo.

Marta se rio.

–Le he dicho que no sea tan estricta, pero ella dice que hay que ser así porque, de lo contrario, das la mano y te toman el brazo.

–Suele pasar –dijo él–. ¿Es eso lo que le pasó cuando fue a ver a Winston? ¿Su secretaria no la dejó pasar?

–Ojalá solo hubiera sido eso.

–¿Qué ocurrió?

Aquello podía tomarse como el momento más inoportuno por su parte para preguntarle algo así, pero estaba tan a gusto que encontró la fuerza para contarle lo que nunca había contado a nadie, ni siquiera a Rachel. Le había dado vergüenza contarles a sus hermanastras que su abuelo no le concedía ni un día de su tiempo cuando el suyo era tan bueno con ellas.

Cerró los ojos y aspiró el aroma de las flores.

–Mi padrastro, Amy, Rachel y yo fuimos a Dallas después de la muerte de mi madre. Sabíamos que mi padrastro tenía una reunión, así que pensé que era el momento de ir a ver a mi abuelo y decirle que mi madre había muerto. Rachel y yo lo teníamos todo planeado, incluso el dinero para el taxi. Mi madre no solía hablar de su padre y, cuando lo hacía, no solía ser para decir nada bueno. Dadas las circunstancias, era normal, pero yo estaba segura de que a él le gustaría saber lo que había ocurrido. Así que… –tomó aire–… tomé un taxi hasta su despacho y fui a la planta número diez. No se puede imaginar lo asustada que estaba cuando entré allí.

–Sí, sí me lo imagino.

Marta dudó.

–Llevaba puesto mi mejor vestido, para que me diera fuerzas –continuó recordando el vestido rosa de manga corta–. Estaba aterrada por si alguien me echaba antes de que pudiera verlo. Tenía la convicción de que, en cuanto le dijera quién era, la vida iba a ser maravillosa. El cuento de la Cenicienta –Evan no dijo nada, pero ella sabía que lo había comprendido–. Así que entré en una sala que era más grande que nuestro salón y nuestra cocina juntos. Le dije a la mujer que estaba allí, una tal señorita Lancaster, que si podía ver al señor Clay, que era mi abuelo. Me miró de manera extraña y entró en su despacho. Salió con él.

Estaba furioso –dijo recordando la frialdad de su rostro–. Me dijo que me fuera por donde había ido, que él no tenía ninguna nieta y que mi argucia no iba a dar resultado.

–¿No le enseñó su certificado de nacimiento? –preguntó Evan muy serio. Marta no sabía si estaba enfadado con ella o con Winston.

–Lo intenté, pero no quiso ni mirarlo, dijo que era falso y que iba a llamar a la policía.

–Lo siento mucho –murmuró Evan.

Si no se hubiera apiadado de ella, habría conseguido controlarse y se le nubló la vista.

–Yo quería que me creyera –susurró–, pero él creía que le estaba mintiendo.

No recordaba nada que le hubiera hecho más daño en la vida. Aunque habían pasado trece años, seguía oyendo su voz y sintiendo miedo.

Apretó los labios para intentar recobrar la compostura. Sin decir una palabra, Evan la agarró y le apoyó la cabeza en su pecho. Le susurró palabras de aliento y le acarició la espalda haciendo que los muros que Marta había erigido se derrumbaran.

–Odio llorar.

–Lo sé.

–Aquel día, me prometí a mí misma que nunca volvería a llorar por él.

Evan se odiaba por haber sido él el que hubiera provocado aquella situación, pero también sabía que desahogarse le iba bien.

–Podría haberse parado a mirarme. Me parezco bastante a mi madre. Me podría haber preguntado unas cuantas cosas.

Evan no sabía qué decir. Se encontraba entre la pena que sentía por ella y la lealtad que sentía hacia Winston. Solo podía abrazarla e intentar acabar con su angustia.

Ella siguió llorando, como si los muros de contención de una presa se hubieran rajado y ya no hubiera manera de parar el agua.

Evan sintió la camisa mojada, pero no le importó. Por fin, paró de llorar, pero no se separó de su cuerpo, algo que a él le encantó.

–La secretaria me acompañó al ascensor –concluyó–. Todavía me acuerdo de lo que llevaba puesto. Un traje azul marino con un pañuelo a rayas azules y blancas en el cuello. Y llevaba un perfume sofisticado.

–Fue un momento traumático.

–Sí, fue como si todo estuviera sucediendo a cámara lenta. Una vez en el ascensor, le pregunté si podía dejarle mi dirección, por si cambiaba de opinión, pero me dijo que no me molestara.

–Ojalá no hubiera tenido que pasar por todo aquello.

Marta se irguió, a pesar de que Evan no quería soltarla, y se secó las lágrimas.

–¿Entiende por qué me cuesta creerlo ahora? ¿Será porque sabe que he salido adelante yo sola y que ya no tendrá que gastarse su dinero en mí?

–No diga tonterías. ¿Por qué no le concede el beneficio de la duda? Hable con él y pregúntele todo lo que quiera.

–No puedo. Por favor, intente entenderme. Quiero olvidar que lo he visto. Quiero olvidarme de que Winston Clay es mi abuelo.

Evan no dijo nada. Estuvo varios minutos pensando mientras lo único que se oía era el murmullo del agua.

–Sé que siempre ha fingido que él no existía, pero nunca ha conseguido olvidarse de él de verdad.

–Claro que lo he conseguido –lo contradijo–. Estaba muy bien hasta que apareció usted.

–Eso cree, pero mire lo que ha hecho en su vida. Todo lo que ha hecho lo ha hecho para demostrar una cosa.

–¿Qué?

–Que no lo necesitaba.

–Nunca lo he necesitado y sigo sin hacerlo.

Evan se encogió de hombros.

–Puede, pero lo que la mueve a hacer cosas era la necesidad de demostrar precisamente que no lo necesita. ¿Cree de verdad que ha conseguido olvidarse de él?

–Lo voy a intentar –contestó levantando los hombros y mirándolo a los ojos.

Capítulo 7

EL MÓVIL de Evan sonó el sábado por la mañana. Eran las nueve. Demasiado pronto, teniendo en cuenta que se había dormido poco antes de que amaneciera. Marta lo había llevado de vuelta al motel, pero no tenía sueño. No se podía dormir pensando en la trágica historia que le había contado y en cómo la deseaba.

Se había puesto a ver la televisión y a leer la última novela de misterio de Robin Cook hasta las cinco de la madrugada.

–Evan –dijo una voz cordial–. ¿Qué tal estás?

Se reprendió a sí mismo por no haber llamado ni a Winston ni a su madre, tal y como había quedado antes de irse.

–Bien, Winston –contestó restregándose los ojos–. Descansando y pasándomelo bien –contestó sinceramente.

–He visto en la tele que está haciendo muy buen tiempo en las montañas.

–Sí, durante el día hace calorcito y por las noches refresca. ¿Qué tal está mi madre?

–Está aquí –dijo pasándole el teléfono.

–¿Te estás cuidando? ¿Estás descansando y comiendo bien?

–Sí, mamá, estoy bien –contestó Evan. Ruth Gallagher había olvidado que ya tenía treinta y tres años y que no hacía falta que le controlara la dieta diaria.

–Creíamos que nos ibas a llamar.

–Lo siento, he estado... ocupado –contestó sintiéndose culpable.

–Has ido a descansar, no ha estar ocupado, cariño. Cuídate, hijo. Winston quiere hablar contigo.

–Siento haberte llamado al móvil, pero nunca estás en el apartamento.

–No paro mucho en casa.

–Ya. ¿Y qué te parece la sala de pesas?

–Todavía no me ha dado tiempo a estrenarla –contestó intentando no mentir demasiado–. El próximo día que llueva, las pruebo.

–¿Evan?

–¿Sí?

–No hay ninguna sala de pesas.

¡Maldición!

–Ah.

–¿Dónde estás?

Evan suspiró.

–En New Hope.

–¿Llevas ahí todo este tiempo?

–Sí.

–Entonces, habrás visto a Marta –dijo Winston.

No era una pregunta y Evan percibió alegría en su voz.

—Sí. Es una joven encantadora.

—¿Y? Dame más detalles.

Evan intentó darle una explicación que no lo destrozara. Tenía setenta y cinco años y no necesitaba disgustos, a pesar de que tuviera una salud de hierro y siguiera al frente de su multinacional.

—Estoy trabajando con ella de manera temporal.

—¿Trabajando? Se supone que estás de vacaciones, recuperándote.

—Lo sé. Estoy descansando, de verdad.

—¿Te ha hablado de mí?

«Sí, y te odia con todas sus fuerzas. Por cierto, me gustaría darte un par de pescozones por lo que le hiciste».

—Sí, hemos hablado de ti, sí.

—¿Y bien?

—He conseguido poder mencionar tu nombre sin que me eche de la habitación.

—¿Así de mal están las cosas?

—Bueno, más o menos, pero estoy haciendo progresos.

—No la culpo por estar enfadada conmigo. Vino a mi despacho cuando tenía unos quince años.

—Sí.

—Claro —dijo Winston abatido.

—Me lo ha contado. ¿Qué pasó?

—No sé por dónde empezar —contestó Winston

suspirando–. Como una semana antes de que Marta se presentara en mi oficina, una revista había publicado un artículo sobre mi hija Lily lleno de verdades a medias y, de repente, empezaron a llegar personas que decían ser mi nieta. Una chica incluso trajo un trozo de tela diciendo que era de un vestido de Lily.

–Supongo que sería un trago amargo.

–No te lo puedes ni imaginar. Hacía años que me habían dicho que Lily se había matado en un accidente de coche con su marido y con su hija. Por eso, no quise escuchar a nadie que dijera ser mi nieta –Evan se imaginaba la cantidad de gente sin escrúpulos a la que le habría gustado ocupar ese lugar–. Por desgracia, Marta fue una de ellas. Cuando mi secretaria me dijo que había otra adolescente que decía ser mi nieta, exploté y salí de mi despacho hecho una furia. Un empresario en su sano juicio se habría muerto de miedo, pero aquella chica se limitó a mirarme y a darme las gracias por haberle concedido mi tiempo y se fue –Evan se imaginaba perfectamente a Marta irguiendo los hombros, levantando el mentón desafiante y mirando de frente al hombre que había tirado por tierra sus esperanzas–. El incidente me acompañó durante años. Cuando hace unos meses recibí el artículo de periódico, contraté a un detective. Cuál sería mi sorpresa cuando descubrió que mi hija no había muerto en aquel accidente de tráfico. Si no hubiera sido porque el primero que contraté había muerto, lo habría arruinado. Me di cuenta de que lo que Marta me había dicho era cierto. Mi nieta fue a buscarme y yo la eché. Para colmo, no la encontraba por ningún sitio.

–No pierdas la esperanza –lo animó Evan al oírlo tan desmoralizado–. Dame tiempo. Irá a verte –le dijo intentando ser optimista.

–No sé. Puede que no me perdone nunca. Supongo que no querrá hablar conmigo, así que ¿te importaría darle un mensaje? Dile que lo siento mucho.

–Lo haré.

–Bien. ¿Qué tal la vida en New Hope? Si no recuerdo mal, no es una ciudad precisamente animada.

–No, no lo es, pero así tengo tiempo.

–¿Has decidido que vas a hacer con tu vida?

–No, pero he ido a todas las cenas de las que podía sacar dinero –contestó sabiendo que las donaciones eran muy importantes para gente como Charlie Zindel.

–La respuesta llegará sola –predijo Winston–. Llegado el momento, sabrás lo que tienes que hacer.

Evan sonrió.

–Eso espero.

–Tenme informado de lo que vaya pasando con Marta.

–Por supuesto.

–Evan, gracias por intentar ahorrarme el sufri-
miento.

Evan sonrió.

–Eres demasiado listo, no se te puede engañar.

–Te advierto que, como lo vuelvas a hacer, le
diré a tu madre que te castigue un mes sin salir los
domingos.

Evan se rio. Al colgar el teléfono, recapacitó y
se dio cuenta de que Winston siempre los había
tratado como familiares más que como emplea-
dos. Estaba claro que los Gallagher habían ocupado el vacío que había en su vida, igual que los
habitantes de New Hope habían llenado la vida
de Marta.

Ojalá pudiera hacer que ella tuviera una relación tan buena con su abuelo como la que él tenía
con Winston. Lo deseaba por la felicidad de
Winston, pero también porque Marta se estaba
convirtiendo en una persona muy especial en su
vida.

La admiraba por lo fuerte que era frente a las
adversidades, por su lealtad a la gente de New
Hope y por cómo se preocupaba por los que tenía
a su cargo. Eran una mujer realmente generosa.
Eso le hacía pensar que podía suavizar la situación con su abuelo.

Tenía que conseguirlo. De lo contrario, Evan
se iba a ver obligado a elegir entre las dos personas a las que más quería, después de sus padres.

Solo tenía una opción. Tenía que hacer que Marta volviera al entorno al que pertenecía.

Marta se sentía como si se hubiera quitado un gran peso de encima. Sabía que, al haberle contado todo a Evan, él comprendería y respetaría sus deseos. Había dado cursos de psicología y sabía que, tarde o temprano, tendría que enfrentarse a aquellos fantasmas y exorcizarlos.

Hasta que llegara ese momento, prefería vivir el presente y disfrutar del día a día.

—Estás muy contenta —le dijo Ros el lunes en cuanto entró por la puerta—. Te lo has debido de pasar muy bien el fin de semana.

—No me he aburrido, la verdad —confesó Marta pensando en la noche con Evan y en compañía de sus hermanas.

—¿A que te alegras de que lo amañara todo para que tuvieras que ir a buscar al doctor Gallagher?

—¿Se te subiría a la cabeza si te dijera que sí?

Ros sonrió.

—Posiblemente.

—Nos lo pasamos muy bien.

—Bien suena... insípido. ¿No sería más bien maravillosamente bien, increíblemente bien o fue la mejor noche de mi vida?

—No exageres —protestó Marta—. Me lo pasé bien. Punto —dijo recordando aquellas maravillosas horas en el parque. Se habían convertido en algo muy preciado para ella y no quería compartirlo ni siquiera con su mejor amiga.

—¿Qué traes ahí? –preguntó Ros.

—Ayer hice guiso mexicano y me ha sobrado. Había pensado decirle a Evan que me ayudara a terminarlo. Si quieres, puedes unirte.

—Dos son compañía; tres, multitud.

—Venga, pero si hay mucho.

—No puedo, voy a salir con Abe.

—¿Por fin le has dicho que sí?

Ros se encogió de hombros.

—Ha estado tanto tiempo insistiendo que ya me daba pena. Nada más.

—Lo mismo te digo con lo de que yo comparta la comida con Evan.

—Bien. Tus hermanas se quedaron el fin de semana, ¿verdad?

—Sí, se fueron ayer. ¿Qué tenemos para hoy? –dijo Marta cambiando de tema.

—No sé si vas a tener tiempo de comer el guiso porque estás hasta arriba.

—¿Evan, también?

—Él también va servido, sí.

—Entonces, será mejor que nos pongamos manos a la obra cuanto antes. ¿Ha llegado?

—Está en el despacho –contestó Ros mirando el reloj–. Tienes diez minutos hasta que llegue el primer paciente.

Marta dejó la comida en la nevera de la cocina y salió al pasillo. Se sentía un poco incómoda, pero le apetecía ver a Evan. No la quiso dejar sola después de que le contara todo, pero ella le dijo que sus hermanas estaban esperándola. Si no hubiera sido así, habría aceptado gustosa su invitación.

Sonrió al recordar la cantidad de veces que ella le había dicho que estaba bien y la cantidad de veces que él había insistido en que lo llamara si se encontraba mal, fuera la hora que fuese. Acostumbrada a ser la fuerte de la familia, la que tenía que llevar las riendas de todo, agradecía tener a alguien sobre cuyo hombro llorar.

Se quedó en el umbral de la puerta. No quería distraerlo. Iba vestido con la misma ropa que otras veces, pero parecía diferente. Seguramente porque ella lo miraba con otros ojos.

Le caía un rizo por la frente, tenía el ceño fruncido y parecía concentrado en lo que estaba leyendo.

Miró sus labios voluminosos y deseó que la hubiera besado. Al imaginarse sus labios, su piel y su olor sintió un escalofrío en la espalda.

Evan levantó la cabeza y sonrió lentamente.

—Hola. ¿Qué tal estás?

—Bien —contestó ella sonriendo también—. Has empezado pronto, ¿eh?

—Sí, estoy intentando averiguar por qué la señora López sigue teniendo la tensión alta. Los análisis de orina son normales.

—¿Entonces? ¿Medicación?

–Es muy joven. ¿Está tomando algún medicamento?

–Que yo le haya mandado, no.

–A ver si averiguo algo cuando venga hoy.

–Esperemos –antes de que Marta pudiera preguntarle por sus otros pacientes, oyeron el timbre–. Esa es la señal, voy a ver quién ha llegado. Por cierto, he traído comida. ¿Te gustaría compartirla conmigo?

La sonrisa de Evan hizo que a ella se le diera la vuelta el estómago.

–Es una cita.

Al cabo de un rato, Marta pidió a Evan que fuera a ver a Mónica Taylor, que se había vuelto a presentar en la clínica diciendo que no podía respirar.

Tras hacerle el mismo examen que Marta, pulso, temperatura, oídos, nariz, garganta y pecho, Evan decidió que físicamente parecía estar bien. Lo que le preocupó fue que le contara que sus hijos, ya casados, solo iban a verla para pedirle dinero.

–¿Tenemos nebulizadores? –preguntó Evan.

–Sí –contestó Marta–. ¿Por qué le vas a aplicar un tratamiento de inhalación? ¡No tiene nada!

–Tú y yo lo sabemos, pero ella, no.

–Pero no podemos medicarla si no le pasa nada.

–No la vamos a medicar. Quiero que pongas

solución salina en el nebulizador. Creo que está teniendo un ataque de pánico. Si dentro de veinte minutos, cuando hayamos acabado la prueba, respira perfectamente, lo que tiene es un problema psicológico.

–Merece la pena intentarlo –apuntó Marta.

–Sí, yo creo que intenta llamar la atención, quiere que le diagnostiquemos algo grave para ver así si sus hijos vienen a verla a ella o a su cuenta bancaria. Si es así, habrá que aconsejarle que vaya a ver a un psicólogo.

–Bien, tú eres el médico.

Tal y como había sospechado Evan, veinte minutos después, Mónica respiraba normalmente.

–¿Qué era? Tal vez podría comprarme uno de esos para tenerlo en casa –sonrió la mujer.

–Me temo que su problema de respiración es más emocional que físico –le dijo Evan con amabilidad–. No se asuste. Muchas personas sufren ataques de pánico cuando están sometidas a mucha presión.

–¿Qué dice? –exclamó la mujer furiosa–. ¡No me estoy volviendo loca!

–Yo no he dicho eso. Es normal que, cuando estamos muy preocupados por algo, tengamos síntomas como los suyos. Le recomiendo que la vea un psicólogo.

–¿Aquí, en la ciudad?

–En Liberal –interrumpió Marta.

–Eso está muy lejos –contestó la mujer frunciendo el ceño–. Ya sé, podría ir a hablar con mi sacerdote.

–Buena idea –dijo Evan despidiéndose de Mónica.

–¿De verdad crees que su sacerdote podrá ayudarla? –preguntó Marta cuando se hubo ido.

–¿Quién sabe? Necesita hablar con alguien y podría ser él.

–Supongo que tienes razón. ¿Volverá la semana que viene?

–No lo sé. Hasta que no se enfrente a sus problemas familiares, seguirá padeciendo esos síntomas. La pregunta es: ¿Vendrá a verte a ti o irá a ver a su sacerdote?

–Será mejor que me repase los apuntes de psiquiatría.

Evan sonrió.

–Sí.

Tras varias visitas, llegó Juanita López y todo quedó resuelto cuando les contó que tomaba todos los días cuatro tazas de infusión de romero para tener el pelo sano. Evan lo vio claro. El romero se utilizaba también para mejorar la circulación sanguínea y aquella mujer estaba tomando una dosis muy elevada por lo que le estaba subiendo la tensión arterial.

–Son casi las doce y me muero de hambre –comentó Evan cuando se quedaron solos–. Espero que hayas traído mucha comida.

En ese momento, apareció Ros.

—Os vais a tener que olvidar de comer. Ha habido un accidente y Frank ha llamado para que vayáis a ayudarlo.

—¿Qué ha ocurrido?

—Estaban cambiando una alcantarilla en la autopista y algo se ha derrumbado. Parece que alguien ha quedado atrapado.

Capítulo 8

MARTA agarró dos equipos de rescate a toda velocidad.

–Vamos en mi jeep.

–¿Siempre llevas un equipo de más?

–Prefiero que sobre.

Marta atravesó la ciudad como alma que lleva el diablo. Se dio cuenta de que Evan iba lívido, pero aguantando. Al llegar a un cruce, el semáforo estaba en ámbar y ella, en lugar de frenar, aceleró para que no lo pillara en rojo.

–¿Estamos en una carrera? –preguntó él.

–No te preocupes, llegaremos enteros. Ya casi estamos.

Se encontraron con varios coches de policía que impedían el paso. Marta frenó y el agente la dejó pasar hasta donde estaban las ambulancias y los equipos de bomberos. Los obreros estaban de pie con los brazos cruzados, las caras negras y expresión de preocupación.

Marta aparcó al lado de una ambulancia y los dos salieron del coche.

Mientras se acercaban rápidamente al trozo de

carretera que estaban arreglando, Marta vio un gran cilindro de hormigón a un lado. Vio un brazo debajo y un equipo de rescate alrededor de la víctima.

Marta hizo un esfuerzo por pensar en lo que tenía que hacer como enfermera y no en el individuo atrapado. Por suerte, Evan se hizo cargo de la situación.

–Abran paso –dijo él–. ¿Cuánto tiempo hemos perdido?

Marta miró al hombre que estaba bajo el cilindro. Solo se le veía la cabeza, los hombros y un brazo. Le salía sangre de la boca y estaba inconsciente. Un técnico se arrodilló junto a su cabeza y le puso una máscara de oxígeno. Marta le dio a Evan un par de guantes de látex y se puso ella otros.

–Ha sido hace unos diez minutos –dijo Frank–. Estaba levantando la alcantarilla y se partió la cadena. El cilindro cayó. Todos pudieron escapar menos Chico.

–¿Constantes vitales?

–Yugular dilatada –contestó Frank tras decirle que tenía la tensión baja y el pulso acelerado.

–Estetoscopio –ordenó Evan. Marta se sacó el suyo del bolsillo y se lo dio. Evan se acercó a Chico y se lo puso en el pecho. No dijo nada durante un rato–. Los latidos apenas se oyen.

Marta miró a Frank. Estaba claro que se le estaban encharcando los pulmones. Tenían que parar la hemorragia. Tenían que quitarle aquello de encima.

Evan se fue a hablar con el jefe de bomberos que estaba dirigiendo la operación para levantar el cilindro.

–¿Por qué tardan tanto?

–Porque nos falta una cadena. Unos minutos, doctor.

Evan miró a Marta.

–Vigile el oxígeno –le dijo a Frank.

–Estamos listos –gritó el jefe de bomberos.

Marta sintió la adrenalina recorriéndole el cuerpo y se preparó para lo que se iban a encontrar.

–Bien –dijo Evan–. En cuanto lo saquemos, haremos lo que podamos.

Marta asintió y se preparó para entrar en acción.

–De acuerdo.

–Usted y Frank tirarán de él cuando yo se lo diga –indicó Evan a otro bombero–. Marta, échate atrás.

Ambos hombres clavaron sus ojos en Evan y se prepararon para agarrar a Chico de los hombros en cuanto él se lo dijera.

Marta se echó atrás a regañadientes, pero se quedó lo suficientemente cerca como para ayudar en cuanto fuera necesario. La espera fue terrible. Rezó para que todo fuera bien, para que la cadena no se volviera a romper porque, entonces, los tres hombres que estaban debajo quedarían aplastados.

–Listos –dijo Evan.

El jefe de bomberos dio la orden.

–Vamos allá. Con cuidado.

Sin poder apartar los ojos, Marta oyó las máquinas que rechinaban mientras el operario de la grúa las manejaba. El cilindro de hormigón comenzó a moverse lentamente. Marta no se atrevía ni a respirar.

–¡Ahora! –gritó Evan alejándose del cilindro y yendo junto a Chico, que ya estaba a salvo.

Le rompió la camisa y vio que el hombre tenía el pecho amoratado y hundido.

Marta se arrodilló al lado del chaval de veintitantos años. Estaba tan concentrada en ver si tenía más lesiones que ni siquiera oyó el ruido que hizo el cilindro al caer de nuevo al suelo.

–¡Lo estoy perdiendo! –gritó Frank–. No hay tensión.

Evan le palpó el pecho. Solo habían sido unos segundos, pero parecían horas.

–Tiene todas las costillas rotas, la aorta rota y está reventado por dentro. No tenía salvación.

Marta lo había sospechado, pero oírlo acrecentó su pena por la muerte de un hombre tan joven.

–¿Qué hora es? –preguntó Evan levantándose.

–Las doce y cuarto –contestó Frank.

–Hora del fallecimiento: las doce y cuarto.

Frank y su compañero recogieron el equipo y fueron a buscar una camilla para transportar el cadáver.

Marta se entretuvo en recoger lo que había quedado por el suelo. Esperaba controlar así su dolor.

Para su sorpresa, Evan ayudó a los de la ambulancia con el cadáver. Normalmente, los médicos no lo hacían.

Desde luego, Evan Gallagher era un hombre especial.

Aquel respeto por alguien a quien no había visto nunca, hizo que a Marta se le pusiera un nudo en la garganta. No era el momento, pero se dio cuenta de lo mucho que lo iba a echar de menos cuando se fuera. Sabía que nunca había conocido a nadie igual ni lo conocería. Y pensó que le encantaría pasar su vida junto a él.

Lo vio subir el cadáver a la ambulancia, quitarse los guantes e ir hacia los policías.

–¿Se encargan ustedes de notificárselo a la familia?

–Sí –contestó el jefe de policía.

–No hemos podido hacer nada –añadió Evan.

–No lo esperábamos tampoco, doctor. No se preocupe. Se lo diremos a la familia.

–¿Se encargan ustedes de llevarlo al tanatorio?

–Sí, allí el doctor Edwards le hará la autopsia.

Tenía que ser así porque había sido un accidente laboral y tenían que determinar si Chico había bebido o tomado otro tipo de sustancias. Todo el mundo sabía que era un buen chaval, pero las aseguradoras aprovechaban cualquier desliz para no pagar los seguros de vida y las empresas solían buscar excusas para que no se las acusara de negligencia.

Marta terminó de recoger y Frank se acercó a ayudarla con la bolsa de basura.

—Gracias por venir, Marta —le dijo el paramédico—. Cuando llegué, no creí que fuera a sobrevivir, pero tenía la esperanza de equivocarme. Me alegro de que el doctor Gallagher estuviera por aquí.

—Yo también, Frank. Yo también.

Agarró la bolsa y se dirigió al coche. No quería ver las caras de los curiosos ni la tristeza de los compañeros de Chico, así que bajó la cabeza. Vio que se había manchado al arrodillarse. Evan se puso a su lado.

—Deja que te lleve eso —dijo tomando la bolsa.

Evan la dejó en el asiento de atrás y extendió la mano. Marta le dio las llaves del coche sin decir palabra. Podía conducir, pero intuyó que Evan quería hacerlo.

—¿Dónde vamos? ¿A la clínica? —preguntó mientras ponía el coche en marcha.

—No, me tengo que cambiar para pasar consulta.

—Sí, yo, también.

—Déjame en casa y luego pasas a buscarme —sugirió Marta.

–¿Confías en mí como para dejarme tu jeep? –preguntó Evan antes de que a Marta le diera tiempo de decirle dónde vivía.

Le había dado su corazón, como para no dejarle el coche. Como no podía decirle la verdad, prefirió bromear.

–¿Tienes un turbio pasado al volante que yo deba saber?

–Solo una multa por exceso de velocidad cuando tenía dieciocho años –rio él.

–¿De velocidad? –repitió fingiendo horror.

–Bueno, no iba ni la mitad de rápido que tú antes.

–No ha sido para tanto.

–No sé, me parece que no te diste cuenta de que nos podíamos haber matado –durante unos segundos, había parecido un día normal, pero aquel comentario le recordó la tragedia que acababan de vivir–. Lo siento –dijo él acariciándole la mano al ver que dejaba de sonreír.

–Será mejor que nos vayamos. Ros se va a creer que estamos haciendo novillos.

–Podríamos –dijo él alejándose del lugar del accidente.

Era una idea tentadora, pero, si se dejaba llevar, podría convertirse en una costumbre.

–Sí, pero me sentiré mejor si estoy ocupada. Así no tendré tiempo de pensar.

–Tienes razón.

Evan la llevó a casa sin intentar sacar un tema

de conversación porque vio que a ella no le apetecía. Cada uno lo llevaba como podía. Había personas que se encerraban en sí misma y otras que no paraban de hablar.

—Tenía veinticuatro años —dijo Marta. Evan la escuchó—. Se iba a casar el mes que viene. ¿Recuerdas que te comenté que Joe quería que le quitaran un bulto de la frente para salir bien en las fotos? Era su hijo.

Evan lo recordaba. Aquellas fotos ya no se tomarían nunca, pero evitó decir lo que era obvio.

—Cuando era pequeño, repartía periódicos. Era bueno, era de los pocos que tenía fuerza para llegar hasta el porche.

—No está nada mal —dijo él parando ante su casa, un edifico blanco con un porche, muy parecido a los demás. La única diferencia era la valla. La de Marta era azul y terminaba en corazones.

—La vida puede ser muy dura —comentó ella sin hacer la más mínima señal de que se fuera a bajar del coche.

—A veces —dijo él—. Por eso, hay que aprovecharla. Nunca sabemos lo que sucederá mañana.

Marta lo miró con aquellos ojos color avellana.

—¿Me vas a decir que tengo que hacer las paces con mi abuelo?

Evan sonrió.

—Lo has dicho tú, no yo.

—No estoy preparada. No sé si lo estaré algún día.

Evan se preguntó si sería el momento de hablar de aquello, pero debía arriesgarse.

–Hablé con él el domingo –le dijo–. Me contó algo que podría interesarte. Cuando fuiste a verlo, una revista acababa de publicar su historia y la de su hija, Lily, sin mencionar que había muerto. Por eso, empezó a aparecer gente de la nada diciendo que eran sus nietas. Él no creyó a nadie, ni siquiera a ti, porque estaba convencido de que las dos estabais muertas.

–Si estás intentando que sienta pena por él…

–Solo te estoy contando lo que pasó para que entiendas la reacción de Winston –la interrumpió–. Me pidió que te pidiera perdón por todo –Marta se mordió el labio inferior y miró por la ventana–. Si pudiera, daría marcha atrás, te lo aseguro. ¿No le vas a dar otra oportunidad?

Marta salió del coche y cerró la puerta.

–Me lo pensaré –contestó mirándolo a los ojos.

Evan se lo tomó como una buena señal.

–Vuelvo dentro de media hora o una hora. ¿Te parece?

–Bien, te dejo la puerta abierta.

La vio meterse en casa y se fue hacia el Lazy Daze. Se duchó rápidamente y volvió a casa de Marta.

–Hola –dijo al entrar para que supiera que había llegado.

Ella apareció en la puerta de la cocina, con un

pantalón blanco y una camisa verde de tirantes. El pelo le caía sobre los hombros.

–Hola –lo saludó.

Evan sintió deseos de llevarla en brazos a su habitación.

–¿Nos vamos?

–Un momento. La noche de la fiesta de Charlie, ¿dijiste en serio que me querías besar?

¿Los peces necesitan agua? ¿El sol sale por el Este? ¿Soñaba con ella todas las noches?

–Sí –contestó observando su reacción– y sigo queriendo.

Su sonrisa arrebatadora hizo que Marta sintiera un escalofrío en la espalda.

–Pues hazlo.

Aquello lo sorprendió. No se la imaginaba tan lanzada. Sin embargo, vio que tenía los puños apretados y que se humedecía los labios nerviosa. Ella había decidido salir de sus oscuras profundidades por una vez y había que aprovechar la ocasión. Se preguntó si no estaría siendo un egoísta.

–¿Estás segura? –preguntó él intentado ser noble y queriendo darle una última oportunidad para echarse atrás.

–Desde luego.

Quería correr hacia ella y abrazarla, pero se limitó a dar un paso al frente.

–No sé si un beso va a ser suficiente.

–¿Ah, no?

—No —contestó él intentando que se diera cuenta de que era una mujer de lo más deseable.

Marta se sonrojó.

—¿A qué esperas?

Evan sonrió y fue hacia ella.

—Me encantan las mujeres que lo tienen claro.

Dio una zancada y se colocó a su lado. Evan sintió deseos de agarrarse a ella como un náufrago a un salvavidas, pero se controló. La agarró de los hombros con suavidad y se maravilló de lo delicados que sus huesos parecían en sus manos.

Bajó la cabeza y le rozó los labios. Luego, como si tuviera un imán, hundió su boca en la suya y la saboreó.

—Hueles muy bien —susurró intentando saber a qué era.

—Pepino y melón —contestó ella—. Es…

Su boca la interrumpió. La acarició desde la sien hasta la mejilla y luego los brazos, antes de apretar sus caderas contra su cuerpo.

Era tan suave, tan cálida, tan… femenina.

Le acarició la nuca y sintió sus rizos entre los dedos. Le pasó la mano por el cuello y bajó hasta encontrarse con los botones de la camisa.

Siguió bajando por dentro hasta encontrarse con un sujetador mínimo. Sintió el corazón de Marta bajo la palma de la mano e hizo el mismo recorrido con los labios. De repente, ella tembló y se apretó contra su cuerpo.

Evan sintió un hormigueo por todo el cuerpo al

imaginarse lo que iba a ocurrir. Sentía lo mismo que cuando se lanzaba por una ladera empinada en bici. Solo podía pensar en ir más deprisa, en volar, en saltar y en aterrizar sano y salvo.

–Ros… Ros… nos está esperando –suspiró Marta mientras él le abría la camisa como si la fuera a comer viva.

–Pues que espere –contestó Evan siguiendo con la exploración.

–No… de verdad. Llamará –insistió Marta mojándose los labios y arqueando la espalda–. Tenemos… pacientes esperando.

De repente, Evan se paró, dándose cuenta de que había perdido el control. Había estado a punto de cruzar el punto de no retorno.

–No te muevas.

Marta abrió los ojos lentamente.

–¿Estás bien?

–Lo estaré en un minuto –contestó tomando aire varias veces.

–¿Quieres que…?

–Quédate donde estás –dijo él rezando para que no viera su erección y no hacer el ridículo. Le abrochó el sujetador y le cerró la camisa.

–Lo siento –dijo ella abrochándose.

–¿Por qué?

–No pensé que tú… creía que iba a ser solo un beso. No algo tan…

–¿Fuerte? –preguntó él enarcando una ceja.

–Sí –contestó ella sonrojándose.

—Yo me temía que iba a ser así.

—¿De verdad?

Evan asintió.

—¿Crees que Ros mandaría a la caballería a buscarnos si no vamos?

—No, si la llamamos y se lo contamos. ¿Se lo explicas tú?

Evan sonrió.

—A mí no me importaría, pero New Hope es una ciudad pequeña y no sé qué les parecería a tus pacientes.

Marta sonrió.

—Bueno, tal vez, podríamos hacer horas extras esta tarde.

—Si no te importa, preferiría tener que ir a hacer una visita a domicilio.

—No sé si podré pagarlo.

—Con un beso será suficiente —contestó él abrazándola.

Capítulo 9

EL ENTIERRO de Chico dejó un amargo sabor de boca en el fin de semana del cuatro de julio. Aunque se llevaron a cabo los festejos previstos, entre los que se incluía el desfile de la banda de música y los fuegos artificiales de todos los años, no había ánimo para grandes celebraciones. Marta lloró su muerte como todos los demás y agradeció tener a Evan cerca.

Aquello no hizo más que afianzar su convencimiento de que lo iba a echar mucho de menos. Sabía que Evan se había esforzado mucho por llegar donde había llegado profesionalmente y que no renunciaría a ello, pero, en los peores momentos, Marta deseó que lo hiciera.

Lo iba a echar de menos porque lo quería, pero también como médico. Ya no podría consultarle un caso difícil o para que la ayudara con casos que a ella se le escapaban de las manos. Tener un médico cerca aquellas semanas había sido muy bueno para ella y para sus pacientes. No podía dejar de pensar que ese lujo no iba a durar mucho más.

Decidió aprender todo lo que pudiera de él.

—¿Cómo se encuentra? —preguntó Marta a un granjero de cincuenta y cinco años a quien todos llamaban Smitty.

—No tengo hambre, me dan escalofríos y fiebre y me duelen los huesos —contestó el hombre.

—¿Algo más?

—Dolor de cabeza, picor de garganta, rigidez de cuello. A veces, me cuesta dormir.

—Se pasa toda la noche arriba y abajo —intervino Claire, su mujer—. No para, es como si tuviera hormigas en el pantalón.

—Claire, no es para tanto. No me hagas quedar mal.

—Y, además, está de lo más irritable —añadió su mujer sin hacerle caso.

—Cállate ya, sé hablar yo solito.

—Pues venga.

—Sí, es verdad, últimamente parece que se me agota antes la paciencia.

—¿Cuánto hace que empezó todo esto?

—Hace una semana.

—Yo diría algo más —volvió a intervenir su mujer—. Empezó como algo leve, creíamos que era un catarro de verano, pero la tos no se le quita.

Marta procedió a examinarlo. Le miró la garganta y los ganglios linfáticos del cuello. Tenía un ruido en el pecho. No hacía falta tener rayos X para saber que aquel hombre tenía neumonía, pero el picor de garganta, los dolores de cabeza y el no poder dormir no eran síntomas de aquello. Había algo más.

–¿Ha estado haciendo algo fuera de lo normal últimamente? –le preguntó–. ¿Han estado de viaje?

–No, hemos estado muy ocupados con la cosecha.

–¿Ha estado en contacto con pesticidas o venenos?

–Últimamente, no.

Claire chasqueó los dedos de repente.

–El otro día estuviste quitando la maleza.

–¿Y qué tiene eso que ver con pesticidas? Además, eso fue varias semanas antes de ponerme mal –apuntó su marido frunciendo el ceño.

–¿Cuánto tiempo antes? –preguntó Marta.

–Unas dos semanas –contestó él.

–¿Le picó algo? ¿Una garrapata o algo así?

–No lo sé, podría ser.

–Voy a ir a buscar al doctor Gallagher –dijo anotándolo todo en un cuaderno.

Lo encontró hablando por teléfono y esperó impaciente a que colgara para contarle el cuadro que presentaba Smitty.

–¿Podría ser una infección por parásitos? –le preguntó tras haberlo puesto al tanto–. Ha estado en una zona de árboles, quitando maleza y la mayoría de los síntomas indican que podría estar en período de incubación.

–Podría ser –contestó él.

Tras examinar él mismo al paciente y leer las notas de Marta, habló con la pareja.

—Quiero ingresarlo —informó a Smitty—. Creo que tiene usted la fiebre de las Rocosas.

—¿Pero eso no lo contagian unas garrapatas de las Montañas? —preguntó el afectado.

Evan sonrió.

—Hay garrapatas infectadas en otros lugares, viven en lugares con muchos árboles. Se puede curar, pero me preocupa la neumonía. Quiero tenerlo en observación unos días.

—No quiero estar en un hospital —protestó Smitty—. Deme unas pastillas y me quedaré en casa descansando.

—No se lo aconsejo. Si hace eso, se arriesga a que surjan complicaciones más graves —dijo Evan.

—Smitty, tienes que hacerlo —dijo su mujer.

—Hay que hacer muchas cosas en casa —se quejó el hombre.

—¡Eso no es excusa! En la granja siempre hay trabajo.

—Los vecinos ayudarán a Claire con todo lo que haga falta —apuntó Marta—. ¿Recuerda cuando Félix tuvo un cálculo en el riñón? ¿Y cuando Humberto se rompió la pierna? Ustedes los ayudaron, así que ellos los ayudarán ahora.

—Odio ser una carga —murmuró Smitty.

—No lo es —le aseguró Marta.

Smitty suspiró sabiendo que había perdido la batalla.

—De acuerdo, pero solo unos días.

—Voy a prepararlo todo mientras Marta le saca sangre —declaró Evan poniéndose en pie—. Hazle también de orina. ¿Cuándo viene el mensajero?

Se refería al empleado del laboratorio que iba una vez al día a recoger las muestras de la clínica que había que analizar.

—Como dentro de una hora.

—Bien, así les dará tiempo de empezar a analizar antes de que llegue Smitty. Se lo diré a Campbell —dijo yéndose a llamar por teléfono.

Marta preparó el material mientras Smitty se tumbaba en la camilla.

—Voy a pincharle dos veces, una en cada brazo, pero le prometo que no le va a doler.

—Eso lo dice usted, que está al otro lado de la aguja.

Marta se rio.

—A un hombre como usted no le pueden dar miedo las agujas.

—No me dan miedo, pero no me gustan.

Marta le habló de la cosecha de trigo mientras recogía las pruebas que necesitaba. Cuando terminó, Evan ya había vuelto.

—¿Le han hecho alguna vez una punción lumbar? —preguntó Evan.

—No y no me apetece que me la hagan.

Evan sonrió.

–No es tan horrible como parece. Se trata de introducir una aguja entre las vértebras y extraer un poco de fluido. Una vez analizado, sabremos lo que está mal dentro de usted.

–Supongo que es imprescindible –dijo el hombre perdiendo un poco de color.

–Bueno, podríamos pasarnos sin ella, pero es mejor hacerla porque, así, podremos administrarle el mejor tratamiento. De la otra manera, podríamos recetarle antibióticos equivocados y sería peor.

–Bien –murmuró Smitty tosiendo.

–Le he dicho al doctor Campbell que se ponga en contacto con el hospital. Le estarán esperando. Cuando llegue, vaya al mostrador principal y una enfermera lo llevará a una habitación.

Smitty y Claire asintieron.

–Una vez allí, el doctor Campbell se ocupará de todo.

–Eso de la punción suena... un poco bárbaro –objetó el hombre.

–Es un procedimiento invasivo –admitió Evan–, pero los hay peores.

–¿No me los harán?

–Se lo harán con anestesia, no se preocupe, no le va a doler nada. Lo peor será el dolor de cabeza que se le podría quedar después, pero le darán algo para quitárselo. Pregúntele al doctor Campbell todas las dudas que tenga.

–¿Y no podrían hacérmelo aquí?

–No tenemos el material necesario –contestó Marta.

–Vayan directos al hospital. El doctor Campbell los está esperando –les recordó Evan al acompañarlos a la puerta.

–Vamos, Claire, cuanto antes vaya, antes saldré –dijo Smitty con decisión–. Apúntate todo lo que hay que hacer en casa que, si no, luego se te olvida.

–Que no se me olvida. Si me lo vas a repetir cincuenta veces –contestó su mujer.

Marta y Evan intercambiaron una sonrisa y ella se puso a preparar las muestras para cuando llegara el mensajero.

–Menuda pareja –comentó.

–Espero que no cambie de opinión y se vaya del hospital.

–Claire no le dejaría. Parece sumisa y débil, pero es muy dura. Ojalá hubiéramos podido hacer algo más por él aquí –suspiró Marta–. Si hubiéramos podido mandar las muestras antes de que él llegara al hospital, habríamos ganado mucho tiempo.

–¿Y por qué no haces un curso para hacer tú esas pruebas?

–Es una buena idea –contestó ella–, pero prefiero hacer otras cosas.

–¿Cómo cuáles?

–Ortopedia –contestó Marta pensando en los tres muchachos que se habían roto el brazo patinando–. Fracturas. Hace años, no lo hice porque me pareció más importante conseguir abrir la clínica.

–Encuentra a alguien que te sustituya.

–Dicho así suena muy fácil.

Evan sonrió.

–Lo es. Lo que es más complicado son los detalles.

–Estás de broma.

–Hablando de detalles. ¿Quieres que nos tomemos una taza de café?

–De acuerdo. Dame diez minutos para que termine con las notas.

Un cuarto de hora después, estaban sentados en el despacho de Marta tomando café.

–Te tengo que decir una cosa... –dijo Evan.

Los interrumpió el timbre en el pasillo y la cabeza de Ros que asomó por la puerta.

–Acaba de llamar Claire Smith. Smitty está sufriendo un ataque epiléptico.

–¿Dónde está? –preguntó Evan.

–En casa.

–¿Ha llamado a una ambulancia? –preguntó Marta.

–La acabo de llamar yo. Claire me ha pedido que fuerais a su casa.

Marta no dudó.

–Seguro que no te podías ni imaginar que ibas a tener que hacer tantas visitas a domicilio.

–La verdad es que no –contestó él–, pero no

me importa. Lo prefiero a ir a fiestas y pedir donativos.

–Sí, eso suena fatal –bromeó ella.

El matrimonio vivía a tres kilómetros de la ciudad. Fueron en el jeep de Marta y, justo cuando llegaba, oyeron las sirenas de la ambulancia, que ya estaba allí. Walter estaba bajando el equipo.

Claire los estaba esperando en la puerta y se encontraron a Smitty en el suelo.

–Quería llevarse sus cosas, así que vinimos a casa a hacer la maleta –les explicó–. No íbamos a tardar mucho.

–No pasa nada –la tranquilizó Evan–. ¿Vino conduciendo él hasta aquí?

–Sí.

–Entonces, menos mal que no fueron directos al hospital. Probablemente, habrían tenido un accidente.

–No había pensado en eso –contestó Claire con los ojos como platos y la voz temblorosa.

–¿Qué ocurrió? –preguntó Evan.

–Entramos y se cayó al suelo –contestó Claire–. Temblaba y tenía los ojos en blanco. No me contestaba.

Marta se arrodilló junto a Smitty y le puso un gota a gota mientras Walter le tomaba la tensión. Aunque ya no estaba sufriendo el ataque, eso no quería decir que no se pudiera repetir.

Evan le miró las pupilas, asintió cuando Walter

le preguntó si le administraba oxígeno e indicó a Marta que le inyectara un tranquilizante.

–¿Qué ha pasado? –preguntó Smitty atontado.

–Ha tenido un ataque epiléptico –le contestó Evan–. Le acabamos de dar un medicamento para que se relaje. Le vamos a llevar al hospital.

–¿En... ambulancia? –preguntó el enfermo.

–Me temo que sí –contestó Evan dándole un golpecito en el hombro–. Hay que hacer las cosas bien.

El compañero de Walter llegó con la camilla y, entre los cuatro, lo subieron al vehículo.

–Si quiere, yo conduzco y usted se encarga de él –se ofreció Walter–. Henry puede llevarse el jeep y, así, ustedes dos tendrán como volver desde el hospital.

Llegaron al hospital en diecisiete minutos.

En la ambulancia se iba bien y, aunque no hubiera sido así, Marta habría querido ir allí. Aunque Smitty se mantuvo estable todo el trayecto, Evan parecía preocupado. Marta se preguntó si se estaba guardando algo para él. Evan dio un golpe en la ventana que los separaba del conductor.

–Llame al hospital y dígale al doctor Campbell cuándo llegaremos.

–De acuerdo.

Cuando llegaron, los estaban esperando dos enfermeras, que pasaron al paciente a una sala de urgencias, donde estaba Joe Campbell.

Evan le puso al corriente de la situación y, en

un abrir y cerrar de ojos, ambos doctores estaban llevando a cabo la punción lumbar.

Marta esperó en la sala de enfermeras porque se sentía de más con tanto personal médico alrededor. Ya había dos enfermeras de urgencias y dos médicos.

Cuando, por fin, ambos hombres salieron se metieron solos en otra sala. Asombrada, Marta siguió esperando. Media hora después, apareció Evan.

Marta se levantó.

—¿Qué tal está Smitty?

—Descansando —contestó él—. Creemos que la neumonía y los ataques epilépticos se han producido como consecuencia de la infección parasitaria, pero todavía no tenemos los resultados del laboratorio. Joe está de acuerdo con nuestra teoría y le ha administrado cloranfenicol. También ha encargado que le hagan pruebas de serología para ver si ha estado expuesto a la enfermedad.

—Me alegro. ¿Dónde está Joe? —preguntó Marta mirando a su alrededor.

—Hablando con Claire. Smitty va a tener que estar en la unidad de cuidados intensivos unos días.

—Y él que quería irse a casa cuanto antes...

Joe entró por la puerta con una gran sonrisa.

—Enhorabuena —les deseó—. Evan me acaba de dar la buena nueva. No se preocupe. Si todo va bien, ampliaremos los servicios de la clínica. Le tendré informado sobre el señor Smith.

–Gracias.

Marta se moría de curiosidad, pero aguantó hasta que estuvieron en el aparcamiento.

–¿Qué es la buena nueva? –preguntó sin aliento–. ¿A qué cambios se refería? ¿Por qué dice que voy a necesitar ayuda?

–No quería que te enteraras así –contestó él parándose.

Marta lo miró.

–¿De qué?

–Hay una empresa nueva que se va a venir a New Hope. Es una fábrica. La traen de prueba. Si funciona, la ampliarán.

–¡Estupendo! –exclamó ella pensando en los puestos de trabajo–. ¿Qué fabrican?

–Creo que se dedican a procesar restos de trigo para hacer un material de fibra que se utiliza en la construcción.

–¡Vaya! Qué bien le viene eso a New Hope –dijo ella emocionada ante la noticia–. Por eso decía Joe que podremos ampliar los servicios de la clínica. Tal vez, incluso podríamos tener un médico residente.

–Seguramente.

–No pareces muy feliz con todo esto –observó ella viendo que Evan estaba meditabundo.

–¿Por qué no iba a estarlo? Estoy completamente a favor del desarrollo económico, sobre todo si es en New Hope.

–Deberías estar dando brincos de alegría, como

yo –exclamó Marta con miles de preguntas en la recámara–. ¿Cuándo la abren? ¿De quién es? ¿Por qué han elegido New Hope?

–No estará completamente terminada hasta dentro de un año o así y... del dueño quería precisamente hablarte esta tarde –contestó haciendo una pausa–. La empresa es de tu abuelo.

Capítulo 10

MARTA sintió un escalofrío en la espalda.

—¿De mi abuelo?

—Sí —contestó Evan sin pestañear.

—¿Cuándo me lo ibas a contar?

—Esta tarde. Surgió lo de Smitty y la ambulancia no me pareció el sitio más apropiado.

Marta fue hacia el coche lentamente, ponderando todas las implicaciones de aquello. Una vez repuesta de la sorpresa, se sintió invadida por la furia.

Llegó al coche a grandes zancadas y, con las mandíbulas apretadas, abrió la puerta. En ese momento, Evan le arrebató las llaves.

—¿Qué estás haciendo?

—Estás enfadada.

—Muy observador —comentó ella sarcástica.

—No deberías conducir.

—Estoy bien.

—Sí, bueno, me gustaría llegar a casa enterito.

—Pues alquila un coche.

Evan agitó las llaves en el aire.

—Yo tengo coche; tú, no.

–Por el amor de Dios –murmuró Marta.

–Yo conduzco. Si te estampas contra un árbol, no quiero que tu accidente pese sobre mi conciencia –Marta no contestó. Se limitó a mirarlo. Él levantó una ceja y, por un momento, se hizo el silencio–. Por favor, entra y vámonos a casa –le dijo en un tono mucho más amable.

Marta apretó los labios y se subió al asiento del copiloto. Se puso el cinturón de seguridad, se cruzó de brazos y se puso a mirar por la ventana.

Evan salió del aparcamiento y cruzó las calles de la ciudad en dirección a la autopista. Ella se mantuvo en silencio hasta mitad de camino.

–Di algo –dijo él.

–¿Tú estabas metido en todo esto?

–¿Te refieres a si sabía que iba a abrir una fábrica aquí? No. Me he enterado esta mañana.

Marta se retiró varios mechones de pelo de la cara.

–¿Qué intenta demostrar?

–Por lo que yo sé, nada.

–¿Nada? –se burló ella–. Winston no hace nada sin motivo.

Ya se imaginaba los titulares, oía a todos hablando maravillas de él. En cuanto se enteraran de que eran parientes, su vida ya no sería la misma. Todo el mundo se pondría de parte de Winston y ella sería la mala de la película, la que no quería ver a su abuelo. Desde luego, lo había calculado muy bien.

–No dejaré que me manipule –se quejó.

Evan agarró el volante con fuerza y apretó las mandíbulas como si intentara controlarse.

–¿Por qué no aceptas que solo quiere hacer algo bueno por tu ciudad?

–Porque nunca ha hecho nada bueno por nadie. He leído las entrevistas que le han hecho. Despiadado, implacable, firme, barracuda. Eso decían de él.

–No habría triunfado si fuera un débil. El mundo empresarial no es para los pusilánimes. Además, no tendrías que creer todo lo que lees.

–¿Por qué siempre lo defiendes?

–¿Por qué tú siempre lo tiras por tierra? Quiere hacer algo por ti. Por ti, Marta. Como tú no le das la oportunidad, ha decidido hacerlo por la ciudad. Esto es como ver la botella medio vacía o medio llena. Puedes vilipendiarlo o pensar que es de lo más generoso.

Marta se quedó en silencio. Estaban entrando en New Hope.

–Me gustaría creer que es tan altruista como tú dices, pero... –negó con la cabeza. No le daba la imaginación.

–Eres la mujer más cabezota que he conocido en mi vida.

–Mira quién fue a hablar. ¿Por qué no intentas comprender mi versión de la historia?

–Porque no lo entiendo. Es todo producto del enfado de aquel día. Sí, fue horrible, eso no se puede cambiar por mucho que queramos. No eres la misma persona que hace trece años y Winston, tampoco. Júzgalo por las acciones de hoy, no de entonces. Y júzgalo por ti misma, no por lo que digan de él los medios de comunicación –continuó Evan–. Das oportunidades a todo el mundo. ¿Por qué no haces lo mismo con él?

–Es muy fácil para ti decir eso. Tú no te juegas nada.

Evan entró en el aparcamiento de la clínica, frenó, metió punto muerto y apagó el coche.

–Yo me juego mucho –dijo con chispas en los ojos.

–¿Ah, sí? ¿Qué?

–Mi futuro. Nuestro futuro.

Aquello hizo que Marta se sintiera furiosa.

–¿Nuestro futuro? –repitió.

–Nuestro futuro –afirmó él–. Quiero que formes parte de mi vida hasta que no tengamos dientes para masticar y tengamos que ir en silla de ruedas, pero Winston también forma parte de mi vida. Estoy dispuesto a comprometerme, incluso puedo venir los veranos aquí si es lo que quieres, pero Winston es mi familia, exactamente igual que mi madre.

Marta sintió que las lágrimas empañaban sus ojos. Como declaración de amor, le faltaba algo, pero saber lo que sentía Evan no hacía más que desazonarla todavía más.

Evan suspiró profundamente.

–Me quedaría e intentaría hacerte entrar en razón, pero creo que sería una pérdida de tiempo, así que me vuelvo a Dallas.

–¿Te vas?

–Hay problemas y han convocado una reunión de urgencia. Tengo que estar allí mañana.

El destino hacía que su mejor verano en veintiocho años tocara a su fin.

–¿Y... y te irás de vacaciones cuando se arregle? –preguntó con un nudo en la garganta. Lo que quería saber, en realidad, era si iba a volver a New Hope. Esperó su contestación durante lo que le pareció un siglo.

–No –contestó él sonriendo–. Ya es hora de que me incorpore al trabajo de nuevo. Una de las razones por las que pedí vacaciones fue para replantearme mi profesión. Trabajar contigo me ha ayudado mucho.

Se iba. Volvía a su club de campo, sus fiestas y sus amigos ricos. Adiós a su sueño de que se quedara trabajando en New Hope.

–Creí que me habías dicho que no te gustaba pedir donativos.

–No, pero si así consigo ayudar a niños como Charlie, lo seguiré haciendo.

–¿Te volveré a ver? –preguntó odiándose a sí misma por el tono lacrimógeno de su voz.

Evan dudó.

–Depende de ti –contestó finalmente–. Quiero

que estés a mi lado, pero es una propuesta de todo o nada. No quiero sentirme culpable por ver a Winston y no quiero que te enfades cuando lo haga. Piénsatelo....

Se acercó a ella y la abrazó. Marta lo besó con una pasión capaz de encender un fuego. Se aferró a él intentando grabar en su memoria lo que estaba sintiendo.

Él la apartó a duras penas y se fue.

Marta sintió el dolor más fuerte de su vida. Le costaba respirar. Entró en la clínica prácticamente a ciegas porque las lágrimas le impedían ver.

Se fue a su despacho y se dejó caer en la silla. El olor de Evan estaba en el aire, como un recuerdo agridulce de las últimas semanas.

Oyó la silla de ruedas de Ros.

—¿Qué te pasa? ¿Dónde está el doctor Gallagher? ¡Oh, Dios mío! ¿Es Smitty?

—Smitty está en la UCI, pero se pondrá bien —contestó tirando un pañuelo de papel a la papelera—. Evan se ha ido.

—¿Se ha ido?

—Ha vuelto a Dallas. Había problemas en el hospital y tenía que estar allí.

—¿Va a volver?

Marta volvió a sentir el nudo en la garganta. Negó con la cabeza. Ros fue a su lado y le acarició la mano.

—Lo siento.

Marta buscó en su interior aquella fuerza a la que había recurrido otras veces.

–No lo sientas –dijo más bruscamente de lo que era su intención–. Tiene su trabajo y yo, el mío. Habría sido mejor para los dos que se hubiera ido antes... antes de que nuestros sentimientos afloraran.

Ya era demasiado tarde. Se había enamorado por primera vez en su vida.

–Las rupturas limpias siempre son las mejores –comentó Ros.

–Completamente de acuerdo –dijo Marta. ¿Pero por qué dolían tanto?

–¿Qué ha pasado al final con Jim Carter? –le preguntó Ros a Marta una semana después.

–El doctor Tubman le ha diagnosticado cáncer de testículos, como dijo Evan –contestó Marta haciendo un esfuerzo para disimular su dolor. Había estado bromeando y riéndose como siempre, pero por dentro se sentía vacía.

–¿Se pondrá bien?

–Le darán quimioterapia y se curará porque se lo han diagnosticado a tiempo.

–No te vas a creer quién acaba de aparcar ahí fuera –dijo Ros mirando por la ventana.

«Ojalá fuera Evan», pensó Marta cruzando los dedos y haciendo un esfuerzo sobrehumano para no correr a la ventana. Sabía que no era él. Sabía, sin necesidad de los estudios de caligrafía de Ros, que, una vez que tomaba una decisión, la mantenía. Además, si hubiera visto el Lexus de Evan, estaría dando botes de alegría y no parecía muy contenta.

—¿No me digas que es...? Es Mónica, ¿verdad? —preguntó pensando que ya tenía bastante con sus problemas como para tener que escuchar los de aquella mujer.

—Me has dicho que no te lo dijera.

—Me voy a escapar por la puerta de atrás.

—No tenemos.

—Maldición.

La vieron entrar. Sorprendentemente, iba vestida con un conjunto de leopardo y llevaba los hombros bien erguidos.

—Hola —saludó con alegría.

—Tiene usted muy buen aspecto —comentó Ros.

Mónica se sonrojó levemente.

—Gracias. Quería hablar con el doctor Gallagher.

—Ya no está —le explicó Marta—. Solo iba a estar unas semanas y se ha ido.

Mónica dejó de sonreír.

—Qué pena. Venía a agradecerle su consejo.

—¿Fue a ver a un psicólogo?

—No, hablé con mi sacerdote. Me ha hecho ver que estaba proyectando el dolor de mi viudedad contra mis hijos y que eso me estaba haciendo enfermar.

–Me alegro de que esté mejor –dijo Marta.

Mónica sonrió.

–Gracias al doctor Gallagher, me parece que ya no voy a venir tan a menudo por aquí. ¿Se lo dirá usted de mi parte?

–Sí, se lo diré la próxima vez que hable con él –prometió Marta, aunque no sabía cuándo iba a ser eso.

–Bien, gracias, adiós.

–Te tenías que haber visto la cara –le dijo Ros riéndose cuando se quedaron solas.

–Pues anda que tú.

–Parece ser que Evan le ha arreglado la vida.

Hablar constantemente de Evan hacía que le doliera el estómago.

–¿Has visto mis antiácidos?

–¿Otra vez?

–Simplemente, no sé dónde los he puesto –contestó a la defensiva–. No hagas una montaña de un grano de arena.

–Por curiosidad. ¿Cuándo vas a hablar con Evan?

Marta no quiso mirar a su amiga a la cara.

–No lo sé.

–¿Por qué no lo llamas?

Si Ros supiera cuántas veces había tenido el teléfono en la mano y lo había vuelto a colgar porque sabía que, hasta que no estuviera dispuesta a aceptar a Winston como una parte muy importante en la vida de Evan, era una pérdida de tiempo.

—Él tomó una decisión... —dijo Marta recordando el ultimátum y el beso. Recordaba con tanta viveza aquellos segundos que había noches en las que se despertaba con su nombre en los labios.

—Estás siendo una cabezota.

—Si me quiere de verdad, no le debería de plantear ningún problema tener que elegir entre Winston o yo.

—Si tú lo quisieras de verdad, no le harías elegir —le reprochó Ros.

No se le había ocurrido. Ignoró la puñalada de dolor que le producía la verdad.

—Los dos están intentando manipularme.

—¿De dónde te has sacado eso?

—Mi madre siempre me decía que mi abuelo le obligaba a hacer cosas que ella no quería hacer. Tuvo que ir al colegio que él quiso, no al que a ella le gustaba. Tenía que tener los amigos que él quería y no los que ella elegía. Incluso eligió al hombre con el que quería que se casara. Mi madre se rebeló —le contestó. La idea de hacer las paces con Winston Clay era como traicionar la memoria de su madre.

—No quiero contradecir a tu madre, pero, ¿te has parado a pensar que los adolescentes suelen tener una visión sesgada del mundo? Cuando eres adolescente ves lo que quieres ver.

–Si con eso quieres decir...

Ros levantó las manos.

–No quiero decir nada. Solo estoy diciendo que siempre hay dos versiones de la historia. Puede que, efectivamente, tu abuelo fuera un tirano que llevara su casa como si fuera una cárcel, pero también podría ser que fuera demasiado protector y que no quisiera perder a su única hija. No sería la primera vez que secuestran al hijo de un hombre rico para pedir un rescate. Si yo tuviera el dinero que él tiene, yo también vigilaría muy de cerca a mis hijos.

–Ves demasiadas películas –se burló Marta. Sin embargo, aquellas palabras habían sembrado la duda en su cabeza.

–Bueno, es solo una especulación, pero el orgullo y el no perdonar no conducen a nada. Mira Mónica Taylor lo bien que está desde que ha dejado de mirar al pasado.

Marta se sentó. Estaba cansada. Estaba harta de darle vueltas al asunto.

Ros se acercó.

–Sé sincera. Le echas mucho de menos, ¿verdad?

–Muchísimo –admitió.

–Sé que no crees en mi afición de analizar la caligrafía, pero tendrás que admitir que todo lo que te dije era cierto. Sincero, leal, decidido, seguro de sí mismo. No me puedo creer que lo vayas a dejar escapar.

No quería hacerlo. Quería tenerlo muy cerca.

Pero el esqueleto del armario le daba mucho miedo.

—Deja de castigar a tu abuelo —le aconsejó Ros.

—¿Es eso lo que estoy haciendo?

—Me parece que sí.

Si negarse a ver a su abuelo era el castigo que le estaba infligiendo, lo único que iba a conseguir era perder a alguien que le importaba mucho.

Ros se encogió de hombros.

—Claro que, si castigar a tu abuelo es más importante que estar con Evan, sigue adelante. ¿Para qué necesitas un marido?

Marta cerró los ojos y vio la sonrisa de Evan.

«Júzgalo por ti misma. Dale una segunda oportunidad, como haces con los demás».

Vio claro lo que debía hacer. Quería… no, se merecía… un futuro y nadie, y menos Winston Clay, se lo iba a arrebatar.

Se sentó erguida.

—Cancela todas mis citas de mañana.

—¿Por qué?

—Porque me voy de viaje.

Ros se cruzó de brazos y sonrió.

—Por fin has entrado en razón. ¿Seguro que solo vas a necesitar un día? Dallas no está aquí al lado.

—Ya te lo diré —sonrió Marta.

La tarde siguiente, entraba en el vestíbulo de Clay Enterprises, vestida con un caro conjunto verde que se acababa de comprar. Había pensado que si se gastaba una fortuna, se sentiría mejor.

Por el momento, no estaba funcionando. De hecho, se estaba preguntando quién le mandaría meterse en semejante locura.

Le sudaban las manos y le costaba andar. Llamó al ascensor y entró.

—¿Qué piso? —preguntó el botones.

Marta carraspeó.

—El diez.

Mientras iban subiendo, Marta sentía que el estómago se le iba dando la vuelta.

—Su piso, señorita.

Marta tomó aire, sonrió y salió del ascensor. Todo estaba igual, aunque la decoración era más moderna, habían cambiado el color, pero el suelo era el mismo.

La placa dorada con el nombre de Winston Clay seguía en la puerta.

Se secó las palmas de las manos en el vestido, irguió los hombros y abrió la puerta.

La mesa seguía en el mismo lugar, pero la señora Lancaster ya no estaba. En su sitio había una mujer de unos cincuenta y tantos años, con cara de pocos amigos, que tecleaba en el ordenador a toda velocidad.

—Venía a ver al señor Clay —anunció Marta.

—¿Tiene cita?

—No.

–Está reunido y no se le puede molestar.

–Dígale que Marta Wyman quiere verlo.

–Lo siento, pero me temo que va a ser imposible. Está en mitad de una negociación internacional.

Marta puso ambas manos en la mesa y se inclinó hacia la secretaria.

–Se lo dice usted o entro yo personalmente a decírselo.

–Esto es muy irregular.

Marta sonrió, dispuesta a pelear. Había ido hasta allí y nadie se le iba a poner en el camino.

–Como enfermera que soy, si no va al baño con regularidad, le aconsejo que coma más fibra.

La mujer exclamó sorprendida, frunció el ceño, se puso en pie y fue hacia la puerta. Miró a Marta de nuevo y abrió la puerta una rendija, lo justo para pasar.

Marta se paseó, demasiado nerviosa para sentarse, y miró las revistas que había sobre la mesa.

De repente, se abrieron las puertas y dieron contra la pared. Marta se giró y se le paró el corazón.

El hombre que ella recordaba, alto, de pelo grisáceo, antipático y de ojos fríos estaba allí. Marta tragó saliva y sintió deseos de salir corriendo, pero no se podía ni mover.

La expresión seria de la cara de Winston Clay se fue suavizando hasta que se tornó en una gran sonrisa.

—¡Marta! —gritó sin poder ocultar su alegría—. ¡Has venido!

—Señor Clay, ¿qué hago con la conferencia? —interrumpió su secretaria.

—Dígales que hablaremos más tarde.

—Pero querrán saber por qué.

—Porque lo más importante del mundo, señora Erickson, es la familia. Dígales que he encontrado a mi oveja perdida. Mi nieta ha vuelto a casa.

Esa palabra, nieta, bastó para que los muros que Marta había construido alrededor de su corazón durante todos aquellos años se fueran abajo y con ellos el miedo. Sintió que los ojos se le llenaban de lágrimas y no le dio tiempo ni a limpiárselas porque, para cuando se quiso dar cuenta, le corrían por las mejillas.

Winston abrió los brazos y ella no lo dudó. Anduvo, corrió hacia él y se perdió en su abrazo. Había vuelto a casa.

Evan entró en la mansión de Winston por la entrada de servicio, que llevaba directamente a la cocina. Allí solía estar siempre su madre cocinando y allí estaba también aquel día.

—Hola, mamá —la saludó besándola en la mejilla—. ¿Qué estás haciendo?

—Tu plato favorito. Ensalada césar, arroz con

ternera y verduras al vapor y bizcocho de chocolate de postre.

–¿Qué celebramos?

–¿Por qué íbamos a celebrar nada?

–No sé, me parece demasiado para un día normal.

La mujer se encogió de hombros.

–Me lo ha pedido Winston. Supongo que querrá celebrar que todo se ha arreglado en el hospital.

–Supongo. ¿Dónde está?

–En el estudio.

Se dirigió hacia allí deseando que la noche
terminara pronto. Winston lo había invitado a cenar para animarlo un poco, pero no estaba de hu-
mor.

Perder a Jill cuando volvió con su ex marido le
había dolido, pero perder a Marta había sido mucho peor. Aunque los problemas del hospital lo
habían mantenido ocupado, no había dejado de
soñar con que lo llamara. Le había preguntado
tantas veces a su secretaria que, al final, la mujer
se había ofendido.

Siempre estaba pensando en ella. Iba por el
hospital andando y le parecía verla, oía su voz,
olía a ella, pero ella no estaba.

En aquellos momentos, le estaba pasando lo
mismo. Le parecía estar oliendo su perfume. Se
estaba volviendo loco. Tenía que hacer algo.

Si tenía que llevarla a Dallas de las orejas, lo

haría, porque no podía vivir así. Decidió ir a New Hope a la mañana siguiente. Estaba decidido a convencerla, le diría que tenía que afrontar el pasado y que él la ayudaría. Él estaría a su lado.

Winston salió a recibirlo.

—¡Evan! Me alegro de que hayas venido tan rápido.

Evan se forzó a contestar aparentando alegría.

—La cena huele fenomenal.

—Ruth se ha superado a sí misma hoy —dijo Winston señalándole que pasara al estudio—. Pasa y ponte cómodo. Se me han olvidado las gafas.

—Las tienes en el bolsillo —le indicó Evan.

—Eh, sí —dijo tocándolas—, bueno, pues, se me ha olvidado otra cosa. Seguro que tu madre sabe lo que es. Pasa y descansa —dijo desapareciendo tras las puertas del salón.

Evan se quedó sorprendido. No era propio de un hombre que hacía tratos de millones de dólares estar tan nervioso. Tal vez, ese fuera el motivo de la cena.

Abrió la puerta y volvió a tener la sensación de que Marta había estado allí.

—Ojalá —murmuró.

Como si sus deseos fueran un conjuro, apareció ante él.

—Hola, Evan —lo saludó.

—¿Marta? —dijo parpadeando. La última taza de

café que se había tomado le estaba provocando alucinaciones.

Ella asintió.

—Sí. ¿Cómo estás?

—Bien. ¿De verdad que estás aquí?

Ella sonrió.

—Creo que sí. Tengo los brazos completamente amoratados de tanto pellizcarme, así que parece que no es un sueño.

Si lo era, no se quería despertar.

—¿Winston sabe que estás aquí? Claro que lo sabe.

Marta se rio.

—En realidad, esto ha sido idea suya. Estuve esta tarde en su despacho.

—¿De verdad? ¿Y qué tal el encuentro?

—Estresante —admitió—, pero resultó ser como yo quería que hubiera sido hace trece años.

—Me alegro. ¿Te explicó lo que querías saber?

—Un poco, pero hablamos más del presente y del futuro.

—¿Y qué futuro habéis planeado?

—Hemos dicho que nos vamos a ver a menudo. Él vendrá a New Hope por negocios y yo vendré a Dallas a divertirme. A no ser que…

—¿Qué?

—A no ser que viva aquí.

—¿Quieres vivir en la ciudad?

—Depende.

—¿De qué?

–De con quién viva. Verás, una persona me preguntó una vez que si estaría dispuesta a irme de New Hope.

Evan recordaba perfectamente aquella conversación.

–Dijiste que lo harías si te lo pedía la persona correcta.

–Sí y la he encontrado, pero estoy esperando a que me lo pida.

Evan dio un paso al frente y la agarró las manos.

–¿Quieres vivir conmigo? ¿Quieres ser mi mujer, mi amiga, mi compañera?

Marta sonrió.

–Hasta que no tengamos dientes para comer y hagamos carreras en sillas de ruedas con Ros.

Evan se rio recordando sus propias palabras y la abrazó.

–No me puedo creer que esto esté ocurriendo. Nunca creí que fueras a cambiar de opinión. Iba a ir a New Hope mañana a traerte de los pelos. ¿Qué te ha hecho cambiar de parecer?

–Que te quiero. El destino me ha quitado muchas cosas y no quería que me separara de ti.

–Yo también te quiero –le contestó él mirándola a los ojos–. Vamos a tener una vida maravillosa juntos.

–Lo sé, pero tenemos que arreglar varias cosas. No me puedo ir de New Hope hasta que no encuentre sustituto y, luego, tendré que encontrar un trabajo aquí…

–Tenemos tiempo para ocuparnos de los detalles –apuntó él dándole vueltas en el aire–. ¿Qué te parece si nos fuéramos a un sitio donde estuviéramos los dos solos?

–No podemos. Tu madre y mi abuelo han preparado una cena con velas en el patio. No nos podemos ir después del esfuerzo que han hecho.

–No les importará.

–A mí, sí. Todavía no he visto la casa entera, pero parece lo suficientemente grande como para que podamos perdernos después de la cena.

Evan sonrió.

–Me parece una idea estupenda. Vamos a cenar.

–La cena no está lista todavía, así que vas a tener que pensar en algo que hacer hasta que nos llamen.

–Creo que tengo la actividad perfecta –contestó besándola.

Ruth volvió a calentar la salsa una vez más.

–¿Servimos ya la cena? –preguntó–. La carne se está quedando como una suela de zapato.

Winston estaba junto a la puerta. Escuchó y, al oír las risas, el pesar que había llevado en el corazón durante treinta años, se desvaneció.

–Son jóvenes, Ruth, necesitan tiempo para estar solos.

–Pero mi cena se va a echar a perder.

–Pues pedimos unas pizzas. Están tan anonada-
dos el uno con el otro que seguro que no se dan
cuenta.

Ruth se acercó a la puerta y escuchó.

–No se oye nada.

Winston sonrió satisfecho.

–Querida mía, así suena el amor.

Acepte 2 de nuestras mejores novelas de amor GRATIS

¡Y reciba un regalo sorpresa!

Oferta especial de tiempo limitado

Rellene el cupón y envíelo a
Harlequin Reader Service®
3010 Walden Ave.
P.O. Box 1867
Buffalo, N.Y. 14240-1867

¡Sí! Por favor, envíenme 2 novelas de amor de Harlequin (1 Bianca® y 1 Deseo®) gratis, más el regalo sorpresa. Luego remítanme 4 novelas nuevas todos los meses, las cuales recibiré mucho antes de que aparezcan en librerías, y factúrenme al bajo precio de $2,99 cada una, más $0,25 por envío e impuesto de ventas, si corresponde*. Este es el precio total, y es un ahorro de más del 10% sobre el precio de portada. !Una oferta excelente! Entiendo que el hecho de aceptar estos libros y el regalo no me obliga en forma alguna a la compra de libros adicionales. Y también que puedo devolver cualquier envío y cancelar en cualquier momento. Aún si decido no comprar ningún otro libro de Harlequin, los 2 libros gratis y el regalo sorpresa son míos para siempre.

416 BPA CESL

Nombre y apellido	(Por favor, letra de molde)
Dirección	Apartamento No.
Ciudad	Estado Zona postal

Esta oferta se limita a un pedido por hogar y no está disponible para los subscriptores actuales de Deseo® y Bianca®.
*Los términos y precios quedan sujetos a cambios sin aviso previo.
Impuestos de ventas aplican en N.Y.

SPB-198   ©1997 Harlequin Enterprises Limited

Bianca®...
la seducción y
fascinación del romance

No te pierdas las emociones que te brindan los títulos de Harlequin® Bianca®.

¡Pídelos ya! Y recibe un descuento especial por la orden de dos o más títulos.

Ryan Nix sabía perfectamente lo maravilloso que era ser padre, y lo doloroso que era perder algo tan importante. Por eso había jurado no volver a permitirse a sí mismo sentir nada parecido. Hasta que en la maternidad de un hospital descubrió que su nombre figuraba como padre de la hija recién nacida de Emma Davenport. ¿Qué podía hacer?

La encantadora Emma era consciente del riesgo que corría al enamorarse tan locamente de un hombre que se negaba a dejarla entrar en su corazón. Sin embargo, su precioso bebé era la prueba viviente de que, al menos una vez, Ryan había bajado la guardia. A lo mejor había llegado el momento de concederse una segunda oportunidad...

Amante y padre

Judy Christenberry

PÍDELO EN TU PUNTO DE VENTA

Gracias a una increíble apuesta en una partida de póker, Reese Sinclair ganó... ¡una mujer! Aquellas dos semanas en el restaurante de Sinclair eran demasiado para una princesita como Sydney. Ni siquiera alguien tan deliciosamente exasperante como ella podría conseguir que Reese se replanteara su preciada soltería. Aun así, el deseo que sentían el uno por el otro era cada vez mayor.

Una sola noche de pasión hizo que Reese perdiera por completo el control de la situación y lo dejó con un irreprimible deseo por ella... ¿Qué iba a hacer el atractivo soltero cuando la apuesta llegara a su fin? Podría simplemente recoger sus cartas y olvidarlo todo o... cambiar de vida y pedirle que se casara con él...

PÍDELO EN TU PUNTO DE VENTA